UNLOCK!

Cet ouvrage a été imprimé sur un papier
issu de forêts gérées durablement,
de sources contrôlées.

Illustrations : Gilbert Han
Maquette intérieure : Graphicat

ISBN : 978-2-7002-7652-7

Inspiré du jeu *UNLOCK!* des Space Cowboys,
créé par Cyril Demaegd © JD EDITIONS
Système adapté pour les romans par Fabien Clavel

UNLOCK!

LES ESCAPE GEEKS

ÉCHAPPE-TOI DU CIMETIÈRE

FABIEN CLAVEL

RAGEOT

À Valérie, aventurière livresque.

pour anna

pour léna

Mode d'emploi

Dans ***UNLOCK! Échappe-toi du cimetière***, tu dois prendre les bonnes décisions et résoudre les énigmes pour avancer dans l'histoire.

Étapes

Les chapitres de l'aventure sont appelés Étapes.
Tu trouveras le numéro d'Étape en haut de page.

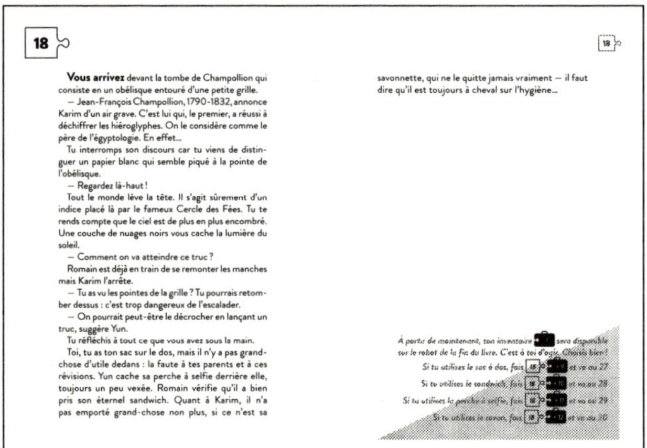

18

Vous arrivez devant la tombe de Champollion qui consiste en un obélisque entouré d'une petite grille.

— Jean-François Champollion, 1790-1832, annonce Karim d'un air grave. C'est lui qui, le premier, a réussi à déchiffrer les hiéroglyphes. On le considère comme le père de l'égyptologie. En effet...

Tu interromps son discours car tu viens de distinguer un papier blanc qui semble piqué à la pointe de l'obélisque.

— Regardez là-haut !

Tout le monde lève la tête. Il s'agit sûrement d'un indice placé là par le fameux Cercle des Fées. Tu te rends compte que le ciel est de plus en plus encombré. Une couche de nuages noirs vous cache la lumière du soleil.

— Comment on va atteindre ce truc ?

Romain est déjà en train de se remonter les manches mais Karim l'arrête.

— Tu as vu les pointes de la grille ? Tu pourrais retomber dessus : c'est trop dangereux de l'escalader.

— On pourrait peut-être le décrocher en lançant un truc, suggère Yun.

Tu réfléchis à tout ce que vous avez sous la main.

Toi, tu as ton sac sur le dos, mais il n'y a pas grand-chose d'utile dedans : la faute à tes parents et à ces révisions. Yun cache sa perche à selfie derrière elle, toujours un peu vexée. Romain vérifie qu'il a bien pris son éternel sandwich. Quant à Karim, il n'a pas emporté grand-chose non plus, si ce n'est sa savonnette, qui ne le quitte jamais vraiment — il faut dire qu'il est toujours à cheval sur l'hygiène...

18

À partir de maintenant, ton inventaire sera disponible sur le robot de la fin du livre. C'est à toi d'agir. Choisis bien !

Si tu utilises le sac à dos, fais 18 et va au 27

Si tu utilises le sandwich, fais 18 et va au 28

Si tu utilises la perche à selfie, fais 18 et va au 29

Si tu utilises le savon, fais 18 et va au 30

Les Étapes qui comportent ce symbole [?] peuvent être combinées avec des Personnages, des Actions ou des Objets. On prend alors le numéro de cette Étape et on lui ajoute celui du Personnage, de l'Action ou de l'Objet utilisé. Parfois, il faudra même ajouter plusieurs Personnages, Actions ou Objets.

Exemple :
Tu te trouves en Étape 18. À la fin de l'Étape, tu as la possibilité de te servir des objets de ton inventaire. Le sac à dos vaut + 9 pendant toute l'histoire. Si tu décides d'utiliser le sac à dos à la fin de l'Étape 18, fais : 18 + 9 = 27.
Rends-toi en 27. Tu sauras en lisant cette nouvelle Étape si tu as fait le bon choix !

Si tu utilises le sac à dos, fais 18 +9 *et va au 27*

Les Étapes ? ne peuvent pas être combinées. Dans ce cas, on t'indiquera directement à quelle nouvelle Étape te rendre.

Exemple :
Rends-toi à l'Étape 350.

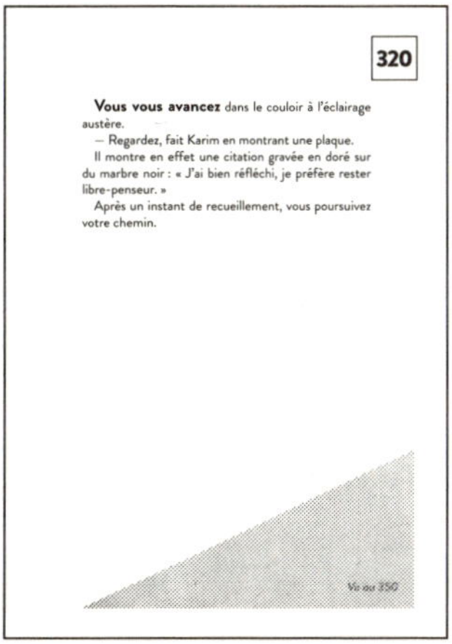
320

Vous vous avancez dans le couloir à l'éclairage austère.

— Regardez, fait Karim en montrant une plaque.

Il montre en effet une citation gravée en doré sur du marbre noir : « J'ai bien réfléchi, je préfère rester libre-penseur. »

Après un instant de recueillement, vous poursuivez votre chemin.

Va au 350

←

Personnages

Dans cette aventure, tu as quatre amis. Ils sont là pour t'aider et te donner des indices face aux énigmes des Étapes ? :

Bérénice : +1

Karim : +2

Romain : +3

Yun : +4

Actions

À certains moments, tu devras choisir entre agir avec prudence mais lenteur, ou bien avec rapidité mais imprudemment :

Agir prudemment : +5

Agir rapidement : +6

Objets

Au cours de ta mission, tu pourras utiliser certains objets pour te sortir de situations périlleuses. Au début de l'histoire, tu disposes de :

Un sac à dos : + 9

Un sandwich : + 10

Une perche à selfie : + 11

Un savon : + 12

Tu trouveras un rappel de la valeur de chaque Personnage, Action ou Objet sur le rabat de ton livre. N'hésite pas à t'en servir comme marque-page !

Bon à savoir :

- Il est possible que tu n'arrives pas à sortir du cimetière dès le premier coup. Dans ce cas, un mot en fin d'Étape t'indiquera que ton aventure est finie.
- Si tu as commis une erreur dans la solution d'une énigme ou que tu échoues dans ta mission, reviens sur tes pas ou recommence ta lecture.

Prologue

Il y a quelques jours...

Tu t'appelles Alex et tu es élève au collège-lycée Gustave-Caillebotte à Paris.

Oui, mais pas seulement. Tu es également membre des Escape Geeks.

En effet, il y a quelques mois, tu as remarqué, et pas seulement toi, qu'un groupe mystérieux avait laissé des signes partout dans votre établissement, en particulier la rune Odal ᛟ. Avec quatre camarades, vous avez formé les Escape Geeks pour enquêter sur les agissements de cette secte que vous avez baptisée Odal.

Eh bien, vous avez fini par découvrir qu'Odal ne plaisantait pas et qu'ils avaient infiltré jusqu'aux sous-sols de votre établissement. Ces gens-là étaient prêts à tuer pour s'accaparer les pouvoirs de Merlin ! Oui, le fameux enchanteur dont la puissance magique semble toujours vivace. Tu as encore du mal à y croire.

Voilà pourquoi tu as répondu à l'appel de ton ami Karim quand il vous a réunis dans le CDI.

Tous les Escape Geeks étaient là.

Romain avait déjà faim et songeait au déjeuner en croisant ses gros bras. Il devait penser aux sandwichs particuliers qu'il invente sans cesse et dont vous aimez bien vous moquer.

Bérénice balançait ses jambes trop courtes sous sa chaise, impatiente. Elle aime que les choses aillent vite.

Yun lançait des bonjours à des copines qui passaient avant de se remettre à dessiner sur un papier devant elle.

Toi, tu attendais, avide de savoir si votre ami allait vous proposer une nouvelle mission.

Karim a penché sa longue carcasse au-dessus de la table et a murmuré d'un ton mystérieux :

— Qu'est-ce que vous faites, ce week-end ? Je vous proposerais bien une petite balade au cimetière du Père-Lachaise...

Karim avait l'air ravi. Toi, tu as eu du mal à cacher ta déception. Tu t'attendais plutôt à partir en croisade contre Odal, pas à visiter en touristes un vieux cimetière parisien. Manifestement, les autres avaient eu le même espoir que toi. Il y a eu de nombreux soupirs.

Un cimetière... En même temps, cela n'avait rien de très étonnant de la part de Karim. Il a des goûts un peu particuliers. D'un côté, il aime bien les lieux gothiques, et de l'autre, il a toujours peur de se blesser ou d'attraper des maladies.

Tout le monde s'est mis à parler en même temps. Bérénice n'avait pas l'air emballée. Elle a frotté son crâne rasé.

— Je voulais revoir *Black Panther*, en souvenir de Chadwick Boseman...

Depuis la mort de l'acteur incarnant le super-héros, elle était inconsolable.

— Moi, je voulais tenter une toute nouvelle recette de falafels, disait Romain.

Yun a eu un sourire ennuyé :

— J'avais prévu de terminer le carrelage de la salle de bains chez moi. Ça va être une espèce de mosaïque qui...

Karim les a interrompus en posant une feuille sur la table. Tout le monde s'est tu.

— Qu'est-ce que c'est ?

Karim a refusé de répondre.

Alors, les autres se sont tournés vers toi. À chaque fois qu'ils hésitent, ils comptent sur ton esprit de décision pour les tirer d'affaire. En haussant les épaules, tu as pris le papier et tu l'as lu à voix haute :

Chers Escape Geeks,

Nous avons suivi de près vos aventures. Comme vous, nous sommes ennemis de la secte Odal qui cherche à nous voler nos secrets magiques.

Aujourd'hui, nous aimerions faire de vous des alliés. Cependant, nous devons encore nous assurer que vous en êtes dignes. Aussi avons-nous préparé à votre intention des épreuves au Père-Lachaise.

Si vous les passez, nous vous dévoilerons des vérités dont vous n'avez même pas idée.

Si vous échouez, vous n'entendrez plus jamais parler de nous.

Pour relever notre défi, rendez-vous sur les tombes des personnages célèbres que nous avons choisis pour vous :

— Gustave Caillebotte pour Alex

— La Fontaine pour Romain

— Gustave Doré pour Yun

— Champollion pour Karim

— Chaptal pour Bérénice.

Soyez prudents : Odal cherchera sans doute à découvrir les secrets que nous vous réservons.

Bonne chance !

Le Cercle des Fées

Un silence prolongé a accueilli cette lecture.

— C'est une blague ! a enfin réagi Bérénice.

— C'est un piège ! a dit Romain. Comment cette lettre est-elle arrivée ici d'abord ?

— Par le courrier. C'est la documentaliste qui me l'a donnée.

Karim a montré l'enveloppe où il était écrit :

Les Escape Geeks
CDI du Lycée Gustave-Caillebotte
1 bis rue du docteur Magnan
75013 Paris

Karim et Yun semblaient enthousiastes.

— Alors ? On y va ?

Tu as ricané :

— Un dimanche sous la pluie au milieu des tombes ? Comment refuser ?

Karim a feint de te prendre au pied de la lettre :

— Vraiment, Alex ? Tu es disponible ce week-end ? Génial !

— Tu aurais mieux fait de te taire, a marmonné Bérénice entre ses dents.

Il était trop tard pour te reprendre et parler de toutes tes révisions en retard en vue des prochains contrôles.

Après tout, c'était l'occasion de découvrir ce nouveau mystère du Cercle des Fées. Ou au moins, si c'était une supercherie d'Odal, d'en savoir un peu plus sur la secte et sur Merlin. Karim a exulté :

— C'est décidé. Dimanche après-midi, on va au Père-Lachaise et on continue d'exhumer le passé de la capitale…

— Je ne sais pas si « exhumer » est le bon mot, est intervenue Yun.

— En tout cas, je vous promets qu'on ne va pas s'ennuyer !

Malheureusement, il avait raison…

0

Ainsi, avec des amis du collège-lycée Gustave-Caillebotte, tu as fondé les Escape Geeks, un groupe censé déjouer les plans de la secte occulte que vous avez baptisée Odal, en raison de la rune qui en est le symbole.

Dans l'équipe, vous êtes cinq.

Il y a toi, Alex, et puis Bérénice, Karim, Romain et Yun.

Toi, ta spécialité, c'est la polyvalence. Quand les autres hésitent à prendre une décision, ils se tournent vers toi. Tu ne commandes pas vraiment, mais presque. C'est juste toi qui tranches quand vous ne parvenez pas à vous mettre d'accord. De toute façon, tu as aussi des moments où tu as besoin de l'aide de tes amis.

Tu es méthodique et tu aimes l'ordre.

Dans le reste du groupe, chaque Geek possède ses particularités.

Pour faire connaissance avec Bérénice, va au 0 + 1 = 1

Pour faire connaissance avec Karim, va au 0 + 2 = 2

Pour faire connaissance avec Romain, va au 0 + 3 = 3

Pour faire connaissance avec Yun, va au 0 + 4 = 4

Si tu penses les connaître suffisamment, va au 502

1

Bérénice est la plus jeune de votre groupe. Elle est en quatrième, assez petite et agile. Mais elle est très mûre pour son âge. Sa passion : les problèmes mathématiques ou les énigmes. Elle aime parfois lancer des remarques cinglantes, notamment quand on fait du bruit autour d'elle. Soucieuse des autres, elle apprécie les jeux de société et envisage de devenir médecin plus tard. Même si elle paraît toujours impassible, elle aime ressentir parfois des sensations fortes. Elle a décidé de se raser la tête après avoir vu *Black Panther*. Cela l'avantage pour la natation, où elle excelle.

Voilà comment elle se présente à toi :

Si j'étais une matière scolaire, je serais...
Les mathématiques

Si j'étais un élément, je serais...
L'eau

Si j'étais une saison, je serais...
L'hiver

Si j'étais une émotion, je serais...
La peur

Si j'étais un animal, je serais...
L'alligator

1

Si j'étais une partie du corps, je serais...
La tête

Si j'étais un sens, je serais...
L'ouïe

Si j'étais un métier, je serais...
Médecin

Si j'étais un objet, je serais...
L'ordinateur

Si j'étais une stratégie, je serais...
L'appel à l'aide

Si j'étais un loisir, je serais...
Les échecs

Si j'étais un lieu, je serais...
Le parc d'attraction

Si j'étais un film ou une série, je serais...
Black Panther

Si tu veux faire connaissance avec d'autres membres des Escape Geeks, retourne au 0
Sinon, va au 502

2

Karim est en seconde. Il est grand et très mince. Il porte les cheveux longs, qui tombent devant son visage et laissent à peine voir ses yeux tristes. Assez solitaire, pris par la lecture et l'histoire, dont il raffole, il fait pourtant l'effort de quitter sa chambre pour fréquenter les autres Escape Geeks, voire les autres gens tout court. Cela le sort un peu de sa mélancolie romantique. Très érudit, il cherche à apaiser les tensions autour de lui et à aider les gens à coopérer. Même s'il paraît peu sportif, il peut se montrer assez endurant en cours d'EPS.

Voilà comment il se présente à toi :

Si j'étais une matière scolaire, je serais...
La littérature

Si j'étais un élément, je serais...
La terre

Si j'étais une saison, je serais...
L'automne

Si j'étais une émotion, je serais...
La tristesse

Si j'étais un animal, je serais...
Le panda

2

Si j'étais une partie du corps, je serais...
Les jambes

Si j'étais un sens, je serais...
Le toucher

Si j'étais un métier, je serais...
Community Manager

Si j'étais un objet, je serais...
Le livre

Si j'étais une stratégie, je serais...
L'inaction

Si j'étais un loisir, je serais...
La lecture

Si j'étais un lieu, je serais...
Le square

Si j'étais un film ou une série, je serais...
Le Labyrinthe de Pan

Si tu veux faire connaissance avec d'autres membres des Escape Geeks, retourne au 0
Sinon, va au 502

3

Romain ne tient pas en place. De taille moyenne, trapu, il faut toujours qu'il se dépense. Son année de troisième est souvent difficile pour lui. Pour le dire franchement, dans l'expression « Escape Geek », c'est plutôt le côté Escape qui l'intéresse. Il est inscrit à un cours de boxe depuis des années. Mais sa curiosité insatiable et son énergie inépuisable lui permettent d'apprendre très vite ce qu'il n'écoute pas en classe. Récemment, il s'est mis à la cuisine et insiste pour que chacun goûte les plats qu'il tente et dont il est le premier à profiter. Dernier détail : il adore les animaux.

Voilà comment il se présente à toi :

Si j'étais une matière scolaire, je serais...
L'EPS

Si j'étais un élément, je serais...
Le feu

Si j'étais une saison, je serais...
L'été

Si j'étais une émotion, je serais...
La colère

Si j'étais un animal, je serais...
Le kangourou

Si j'étais une partie du corps, je serais...
Les bras

Si j'étais un sens, je serais...
Le goût

Si j'étais un métier, je serais...
Plombier

Si j'étais un objet, je serais...
La clé à molette

Si j'étais une stratégie, je serais...
La résistance

Si j'étais un loisir, je serais...
Le saut en parachute

Si j'étais un lieu, je serais...
Le terrain de sport

Si j'étais un film ou une série, je serais...
Fast and Furious

Si tu veux faire connaissance avec d'autres membres des Escape Geeks, retourne au 0
Sinon, va au 502

4

Yun est en seconde. Elle sait qu'elle va prendre l'option arts plastiques parce qu'elle adore la peinture et les arts graphiques. De taille moyenne, ronde, elle respire la joie de vivre et sait la communiquer autour d'elle. Son talent pour les imitations ainsi que son goût pour les bricolages en tout genre l'ont rendue très populaire dans sa classe. Rien ne semble pouvoir entamer sa bonne humeur, à part les mauvaises odeurs auxquelles elle est très sensible. Elle n'est pas très férue de sport mais impressionne tout le monde en retenant sa respiration pendant de longues minutes.

Voilà comment elle se présente à toi :

Si j'étais une matière scolaire, je serais...
Les arts plastiques

Si j'étais un élément, je serais...
L'air

Si j'étais une saison, je serais...
Le printemps

Si j'étais une émotion, je serais...
La joie

Si j'étais un animal, je serais...
La perruche

4

Si j'étais une partie du corps, je serais...
Le torse

Si j'étais un sens, je serais...
L'odorat

Si j'étais un métier, je serais...
Artiste

Si j'étais un objet, je serais...
Le couteau suisse

Si j'étais une stratégie, je serais...
La fuite

Si j'étais un loisir, je serais...
Le bricolage

Si j'étais un lieu, je serais...
La salle de spectacle

Si j'étais un film ou une série, je serais...
Avatar

Si tu veux faire connaissance avec d'autres membres des Escape Geeks, retourne au 0
Sinon, va au 502

5

— **Bon,** on a la traduction. Maintenant, il faudrait peut-être appuyer sur la partie de la porte, non ?

Retourne au 70 et ajoute le nombre que tu as trouvé

7

— **Bon,** on a la traduction. Maintenant, il faudrait peut-être appuyer sur la partie de la porte, non ?

Retourne au 70 et ajoute le nombre que tu as trouvé

8

– **Bon,** on a la traduction. Maintenant, il faudrait peut-être appuyer sur la partie de la porte, non ?

Retourne au 70 et ajoute le nombre que tu as trouvé

9

– **Bon,** on a la traduction. Maintenant, il faudrait peut-être appuyer sur la partie de la porte, non ?

Retourne au 70 et ajoute le nombre que tu as trouvé

11

– **Bon,** on a la traduction. Maintenant, il faudrait peut-être appuyer sur la partie de la porte, non ?

Retourne au 70 et ajoute le nombre que tu as trouvé

16

Curieux, vous vous dirigez vers une plaque voisine qui comporte le nombre 16.

— Nous voilà bien avancés, marmonne Bérénice.

— Attends un peu…

Grâce au reflet des néons sur le marbre noir, tu remarques qu'il y a des empreintes digitales sur un coin de la plaque. Ta curiosité est piquée. Sans prévenir les autres, tu appuies au même endroit. Un déclic résonne dans le silence du columbarium et la plaque s'ouvre.

— C'est un système à pression ! comprend Yun. Cela existe sur certains meubles pour éviter les boutons ou les poignées.

— En tout cas, bravo d'avoir vu ça, Alex, te félicite Romain. Je pourrais presque te pardonner ton humour douteux à l'égard de mes sandwichs…

Pendant que vous discutez, Bérénice a déjà penché la tête à l'intérieur de la case. Avant que tu aies pu réagir, elle y plonge sa main et en ressort une clé USB + 13 marquée de la rune Jēran ᛃ !

— C'est un tout petit peu décevant, avoue Karim.

— Surtout qu'il n'y a aucun ordinateur dans les environs, peste Bérénice.

Tu croises les bras pour réfléchir. Tu observes tes camarades l'un après l'autre. Ils sont tous épuisés. La nuit est bien avancée. Il va falloir trouver comment se sortir de ce trou.

Soudain, alors que tu dévisages Karim, tu notes un détail surprenant.

Les cheveux du grand garçon semblent légèrement soulevés par un courant d'air. Pourtant, tu ne sens aucun souffle autour de toi. En revanche, quand tu lèves la main, après avoir mouillé ton doigt, tu perçois un filet qui circule au-dessus de ta tête.

— Il y a une ouverture dans ce panneau !

— Quoi ?

Tu leur expliques ta découverte. En effet, une fente apparaît dans le mur au niveau du visage de Karim. Comme il est plus grand que tout le monde, il est le seul à être à sa hauteur.

— Une porte dérobée ! s'exclame Romain en faisant craquer ses phalanges. Je m'en occupe.

— Minute, intervient Karim. Pourquoi est-ce que ce serait toi ? C'est Alex qui l'a trouvée.

Tu n'as pas envie de te mêler de leur dispute.

— Ce sera sans moi, les gars...

— Eh bien, on a découvert ce passage grâce à moi, insiste Karim.

— Bon, je vais le faire ! intervient Bérénice qui se met à pousser de toutes ses forces.

Les autres se tournent vers toi ne sachant que faire.

Est-ce que tu laisses Bérénice tenter sa chance ?

Est-ce que tu préfères que Romain s'y colle ?

Bérénice pousse le pan de mur. Des veines apparaissent sur ses tempes. Elle râle. Rien ne bouge. Cela devient gênant.

Finalement, Karim se racle la gorge et intervient :

— Je te file un petit coup de main...

Il joint ses efforts à ceux de sa camarade.

18

Vous arrivez devant la tombe de Champollion qui consiste en un obélisque entouré d'une petite grille.

— Jean-François Champollion, 1790-1832, annonce Karim d'un air grave. C'est lui qui, le premier, a réussi à déchiffrer les hiéroglyphes. Moi qui adore les langues, je suis fan de ce type. On le considère comme le père de l'égyptologie. En effet...

Tu interromps son discours car tu viens de distinguer un papier blanc qui semble piqué à la pointe de l'obélisque.

— Regardez là-haut !

Tout le monde lève la tête. Il s'agit sûrement d'un indice placé là par le fameux Cercle des Fées. Tu te rends compte que le ciel est de plus en plus encombré. Une couche de nuages noirs vous cache la lumière du soleil.

— Comment on va atteindre ce truc ?

Romain est déjà en train de se remonter les manches mais Karim l'arrête.

— Tu as vu les pointes de la grille ? Tu pourrais retomber dessus : c'est trop dangereux d'escalader.

— On pourrait peut-être le décrocher en lançant un truc, suggère Yun.

Tu réfléchis à tout ce que vous avez sous la main.

Toi, tu as ton sac sur le dos, mais il n'y a pas grand-chose d'utile dedans : la faute à tes parents et à ces révisions. Yun cache sa perche à selfie derrière elle, toujours un peu vexée. Romain vérifie qu'il a bien pris son éternel sandwich. Quant à Karim, il n'a

18

pas emporté grand-chose non plus, si ce n’est sa savonnette, qui ne le quitte jamais vraiment — il faut dire qu’il est toujours à cheval sur l’hygiène...

À partir de maintenant, ton inventaire ? *sera disponible sur le rabat de la fin du livre. C’est à toi d’agir. Choisis bien !*

Si tu utilises le sac à dos, fais 18 + 9 *et va au 27*

Si tu utilises le sandwich, fais 18 + 10 *et va au 28*

Si tu utilises la perche à selfie, fais 18 + 11 *et va au 29*

Si tu utilises le savon, fais 18 + 12 *et va au 30*

19

Un pan complet de la paroi pivote, laissant apparaître un passage secret digne de la Salle sur Demande de *Harry Potter*. C'est une pièce immense qui se dévoile, avec de nombreux piliers lui conférant l'allure d'une crypte.

Vous pénétrez dans cet espace ténébreux, tandis que la porte se referme derrière vous avec un claquement sec.

— C'est pour ça que le mécanisme était aussi dur !

— Bon, ben, maintenant, on n'a plus qu'à avancer...

Les smartphones n'ont toujours pas séché et il est impossible de faire de la lumière. Heureusement, à mesure que le temps passe, vos yeux s'habituent à la pénombre.

Tu finis par distinguer un rai de lumière vers le haut. En t'avançant avec précaution, ton pied heurte un obstacle.

Après examen, tu comprends qu'il s'agit d'une marche. Tu préviens les autres Escape Geeks et tu entreprends l'ascension de l'escalier en essayant de ne pas tomber.

Une fois en haut, tu te trouves face à une simple porte, si tu en juges par la poignée qui se dessine sous ta main.

Après avoir pris une bonne inspiration, tu appuies sur la poignée et pousses la porte.

Va au 400

Vous arrivez sans difficulté sur la tombe de Gustave Doré qui ne paie pas de mine. Il y a un simple caveau dont la pierre est couverte de mousse et de lichen, avec une petite grille à côté.

— Gustave Doré (1832-1883) était un artiste célèbre pour ses gravures de contes, expose Yun. C'est un de mes peintres préférés. Mais il a également illustré les plus grands auteurs de son époque : Hugo, Balzac, Chateaubriand... Il a aussi laissé des illustrations de Merlin... Hasard ? Coïncidence ? Je ne crois pas !

En parlant de cela, tu aperçois un papier replié, coincé sous une plaque de mousse. Le vent s'est levé et fait vibrer le côté de la feuille avec un bruit sinistre. Tu la lis pour tout le groupe réuni autour de toi :

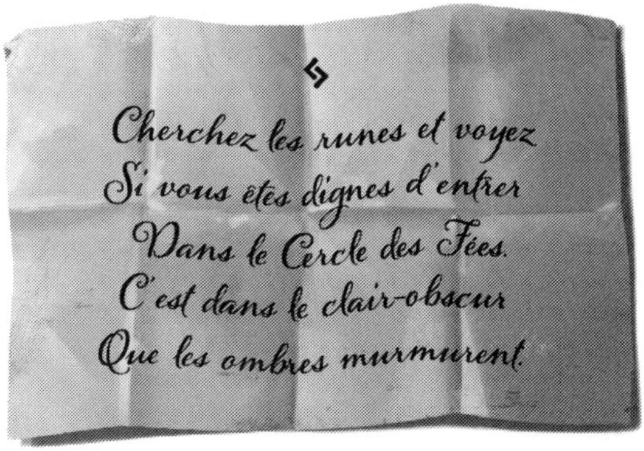
Cherchez les runes et voyez
Si vous êtes dignes d'entrer
Dans le Cercle des Fées.
C'est dans le clair-obscur
Que les ombres murmurent.

— Ils se donnent du mal pour les rimes en tout cas, remarque Karim.

Tourne la page

C'est une énigme qui s'offre à toi : elle t'indiquera quoi faire ensuite. Prends bien le temps de réfléchir. Tu peux demander de l'aide à tes camarades. Attention, leurs indications sont de plus en plus précises. La dernière te donnera la solution de l'énigme.

Tu peux demander un indice à Karim en allant au 22 +2 = 24
Tu peux demander un deuxième indice à Bérénice en allant au 22 +1 = 23
Tu peux demander l'explication à Yun en allant au 22 +4 = 26
Tu peux demander la solution à Romain en allant au 22 +3 = 25

Une fois la solution trouvée, tu peux te diriger vers une nouvelle tombe en allant voir le plan au 512

22

23

Bérénice se penche par-dessus ton épaule.

— Clair-obscur, ombre… C'est un jeu de lumière.

— Oui, c'est une technique de peinture, mais je ne vois pas de peinture, remarque Yun.

Bérénice hausse les épaules :

— Il n'y en a peut-être pas besoin. Où y a-t-il de l'ombre par ici ?

Retourne au 22

24

Karim regarde le mot dans tous les sens.

— En tout cas, je pense qu'il n'y a rien à trouver sur le mot lui-même. Je ne vois aucun code particulier. Non, à mon avis, il faut se concentrer sur le sens.

Pour l'instant, tu ne vois toujours pas quel sens peuvent avoir ces lignes. Mais, courageusement, tu te replonges dans la lecture du papier.

Retourne au 22

25

Inclinant la tête sur le côté et fermant un œil, Romain déchiffre lentement :

— Eh... Ehwaz !

— Eh, tu progresses en lecture ! se moque Bérénice.

— C'est la rune ᛖ, précise Karim.

Tu te répètes le nom pour bien le retenir. Tu as le sentiment que cette information pourrait se révéler utile plus tard.

Retourne au 512

26

Yun pousse un cri qui te fait sursauter.

— Regardez l'ombre de la grille. Elle forme une anamorphose. Un peu comme dans le tableau des *Ambassadeurs* d'Holbein. Si on se penche dans le bon axe, on peut sûrement lire quelque chose...

Retourne au 22

27

Tu enlèves ton sac à dos et le lances de toutes tes forces vers le sommet de l'obélisque. Hélas, tu n'arrives même pas à l'envoyer à mi-hauteur.

Romain le rattrape au vol.

— Tu n'y arriveras pas avec tes petits bras, Alex. Laisse-moi faire.

Il jette le sac à dos. Il faut avouer qu'il a beaucoup plus de force que toi. Sauf qu'il manque de précision et qu'il le propulse beaucoup trop loin. Le sac retombe sur les pointes d'une grille sans même effleurer l'obélisque.

Tu vas récupérer ton sac, pas trop triste au fond que ton copain ait manqué son coup, lui aussi. Tu passes ton doigt à travers la déchirure occasionnée par la pointe de métal.

— Je pense qu'on va en rester là.

Retourne au 18

— **Tiens, Romain,** file-moi ton sandwich.

— Tu rêves ! Je le garde pour un moment où on en aura vraiment besoin ! Sache qu'il ne s'agit pas d'un simple sandwich ! J'y ai mis toute mon âme ! Chaque ingrédient a été sélectionné et recueilli avec amour. J'ai ensuite procédé à un équilibrage parfait des goûts. Et ne me lance pas sur la qualité de la baguette tradition que j'ai utilisée...

Il n'y a que Romain pour se perdre dans des tirades à propos d'une tranche de pain. Pour couper court à la discussion, tu réfléchis rapidement à une autre idée.

Retourne au 18

29

Tu déploies la perche à selfie de Yun en regrettant tes moqueries de tout à l'heure. Elle atteint 80 bons centimètres de longueur. Cela sera tout à fait suffisant. Par contre, tu la transmets à Karim qui est le plus grand de vous cinq.

29 + 2 = 31

30

— **Mais, euh, tu veux savonner** l'obélisque ? s'étonne Yun.

— Remarque, il y a beaucoup de mousse, souligne Karim. Ce serait pas mal de nettoyer un peu la pierre.

— Mais c'est ça qui rend le cimetière romantique ! Sinon, tout serait gris moche ! proteste Yun.

— Moche mais propre, précise Karim.

Bérénice soupire.

— Moi, je vois surtout des indicateurs de pollution.

Tu abandonnes.

— D'accord, on va chercher autre chose !

Retourne au 18

31

Ça y est ! Le papier se décroche et vient glisser doucement dans la brise pour atterrir pile dans ta main. Tu le déplies et tout le monde vient se placer autour de toi.

— Des hiéroglyphes ! s'exclame Karim.

Tu lis à haute voix :

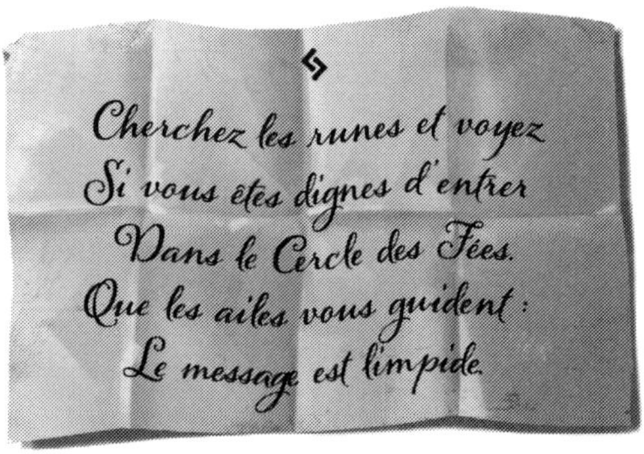

Cherchez les runes et voyez
Si vous êtes dignes d'entrer
Dans le Cercle des Fées.
Que les ailes vous guident :
Le message est limpide.

Au dos de la feuille, il y a des dessins. Comment des runes pourraient-elles être visibles dans ces hiéroglyphes ?

C'est une énigme qui s'offre à toi : elle t'indiquera quoi faire ensuite. Prends bien le temps de réfléchir. Tu peux demander de l'aide à tes camarades. Attention, leurs indications sont de plus en plus précises. La dernière te donnera la solution de l'énigme.

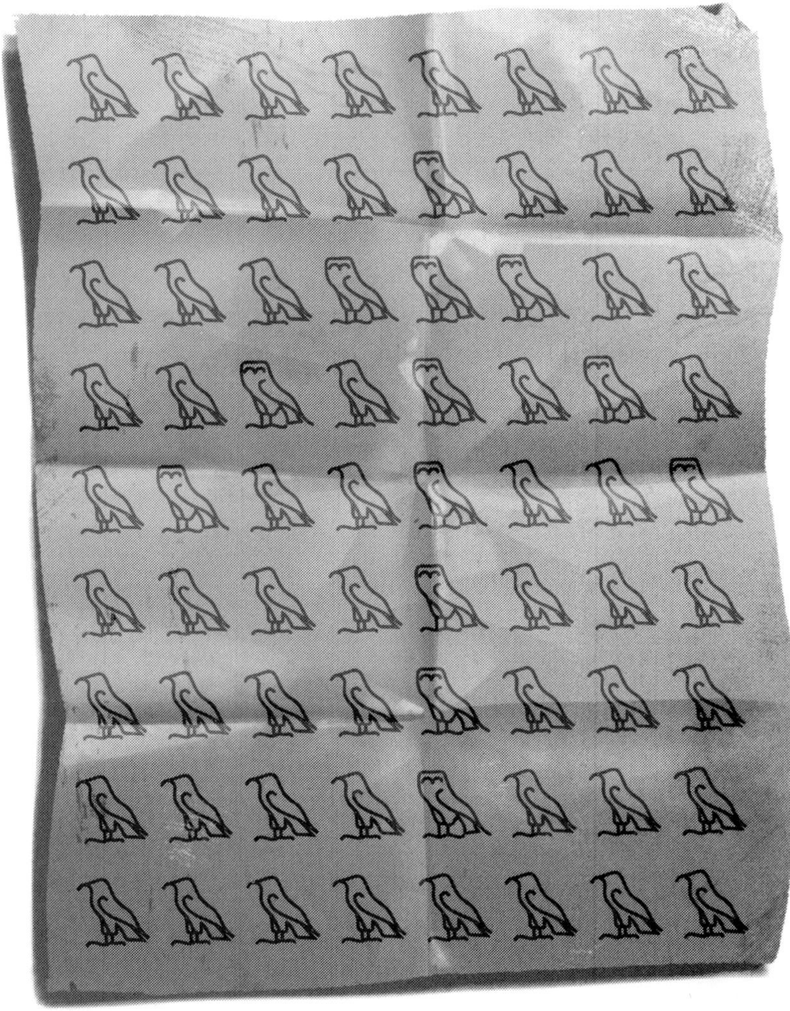

Tu peux demander une indication à Romain en allant au 31 + 3 = 34

Tu peux demander une deuxième indication à Karim en allant au 31 + 2 = 33

Tu peux demander la solution à Bérénice en allant au 31 + 1 = 32

Tu peux demander la réponse à Yun en allant au 31 + 4 = 35

Une fois la réponse trouvée, tu peux te diriger vers une nouvelle tombe en retournant voir le plan au 512

32

— **Du coup,** qu'est-ce qui se passe si on relie toutes les chouettes ? se demande Bérénice. Ça devrait former une rune, non ?

— On pourrait aussi relier tous les vautours mais ça risque d'être plus long, remarque Yun.

Retourne au 31

– **Si vous observez attentivement,** expose Karim, vous remarquerez qu'il y a deux types d'oiseaux. Sur l'un des signes, il est de profil : c'est un vautour. Sur l'autre, son bec est tourné vers nous : il s'agit d'une chouette.

Retourne au 31

34

— **J'ai l'impression** qu'il faut bien regarder les détails, murmure Romain en se penchant sur le papier.

— Ah bien, merci ! ricanes-tu. Ça nous aide vraiment. Je pensais y aller les yeux fermés !

Romain prend un air choqué.

— Parfois, tu es aussi sarcastique que Bérénice. Elle a une très mauvaise influence sur toi.

— Moi, je trouve qu'Alex s'améliore, réplique cette dernière.

Retourne au 31

35

– **Vous avez vu ?** On peut lire la rune ᛏ, remarque Yun.

En effet, quand tu te penches, tu reconnais le dessin.

— Elle se nomme Tīwaz, précise Karim.

Comme cela semble important, tu graves ces détails dans ta mémoire. Cela pourra toujours être utile par la suite…

Retourne au 512

36

Tu vois trente-six chandelles !

– C'était une idée stupide de courir comme ça ! s'emporte Bérénice.

Elle t'applique un mouchoir sur le crâne. Mais tu ne peux pas continuer dans cet état. Tu perds connaissance en espérant te réveiller à l'hôpital et en meilleure forme.

**EN TOUT CAS, POUR VOUS,
L'AVENTURE EST TERMINÉE.**

— **En avant** vers la porte du Repos !

— J'ai un mauvais pressentiment, marmonne Karim. Ça fait penser à « repos éternel » ...

Vous faites demi-tour et obliquez vers la gauche.

Luttant contre les éléments, à moitié aveuglés par la pluie qui vous colle les cheveux dans les yeux ou vous mouille les lunettes (à part Bérénice), vous passez devant des toilettes et une fontaine qui déborde.

— Ça me donne envie de faire pipi, lâche Yun.

— Tu crois vraiment que c'est le moment ? grogne Bérénice.

Tu te tais parce que tu ressens la même chose que Yun.

Vous arrivez devant une double porte assortie d'une barrière pour les automobiles. Pas de chance : elle est fermée à clé. Impossible de l'ouvrir.

— La gardienne arrive ! s'écrie Bérénice, la seule à y voir correctement.

— J'ai une idée pour nous en débarrasser, déclare Yun dont le visage s'éclaire soudain d'un sourire. Est-ce que vous me faites confiance ?

Si tu fais confiance à Yun, va au 37 + 4

Si tu préfères te rabattre vers la porte principale, va au 88

41

Tu n'as jamais vu Yun aussi déterminée. Elle appuie sur le contrepoids de la barrière et la soulève. Puis, elle se dissimule derrière.

— Reculez sur les zébras jaunes.

Tu baisses les yeux et remarques des peintures sur le sol qui indiquent que les véhicules doivent emprunter ce passage.

La gardienne surgit à cet instant. Elle semble sûre d'elle, le visage totalement impassible.

Elle s'avance vers vous, un revolver au poing.

Mais quand elle arrive à votre portée, Yun laisse retomber la barrière. Elle manque de peu le crâne de la gardienne et s'abat violemment sur son épaule. Sous le choc, votre ennemie lâche son arme et titube, étourdie.

Vous en profitez pour partir.

— La sortie principale est juste à côté! s'écrie Romain.

— Non, il vaut mieux se cacher, préconise Karim. Sinon, elle nous retrouvera toujours.

Si tu vas vers la sortie principale, va au 88
Si tu cherches une cachette avec les autres, va au 200

43

— **On prend la sortie** des Amandiers !

Vous faites demi-tour et obliquez sur la droite. Luttant contre les éléments, vous parvenez, à moitié aveuglés par la pluie qui vous colle les cheveux dans les yeux ou vous mouille les lunettes (à part Bérénice), devant un petit escalier qui s'enfonce dans le sol sous une maisonnette de briques.

Arrivés en bas, vous déchantez. La porte est fermée à clé. Vous remontez en hâte.

— La gardienne arrive ! prévient Bérénice qui est la seule à y voir à peu près.

Vous pourriez presque sauter par-dessus le mur, mais c'est très haut. La rue est à près de trois mètres en contrebas. Vous risquez de vous blesser sans pour autant échapper à votre ennemie. En plus, il n'y a plus personne dans les rues.

— J'ai un plan, déclare Romain en serrant les poings.

Si tu lui fais confiance, va en 43 + 3

Si tu obliques vers la sortie principale, va au 88

46

Quand il ne prend pas des cours de cuisine, Romain est toujours fourré au gymnase et pratique plusieurs sports de combat. Tu le vois se concentrer.

— Allez vous planquer là-bas, fait-il avec un geste vague.

Comme un seul homme, vous vous réfugiez derrière la maison de brique, tandis qu'il se dissimule derrière un buisson. Il était temps. La gardienne arrive, arme au poing, confiante.

Elle s'avance vers vous, au bord des escaliers, de son pas régulier. Dès qu'elle est au bon endroit, Romain jaillit de sa cachette et la pousse dans les marches, tout en lui faisant un croche-pied. Malgré l'effet de surprise et en dépit de sa force, il a du mal à la faire basculer dans le vide. Vous entendez la femme s'abattre sans un gémissement. Même quand elle tombe, elle réussit à être effrayante.

Vous en profitez pour partir en courant.

— La sortie principale est juste à côté ! s'écrie Romain.

— Non, il vaut mieux se cacher, préconise Karim. Sinon, elle nous retrouvera toujours.

Si tu gagnes la sortie principale, va au 88
Si tu cherches une cachette avec les autres, va au 200

Romain se frotte les mains.
— J'adore La Fontaine ! Vous allez voir !
Il s'élance et s'arrête quelques pas plus loin.
— Euh, la section 59, c'est à droite ou à gauche ?

Si tu pars à gauche, va au 60
Si tu pars à droite, va au 61

60

En marchant d'un bon pas, vous prenez sur la gauche et croisez d'abord la section 58, puis la 66, puis la 64 et débouchez sur la tombe de Georges Méliès.

Elle se présente sous la forme d'une pierre tombale surmontée d'un buste de bronze. Avec le temps, l'oxydation verte a coulé sur la pierre. Il est écrit :

GEORGES MÉLIÈS
CRÉATEUR DU SPECTACLE
CINÉMATOGRAPHIQUE
1861 – 1938

– Voilà un homme important, déclare gravement Romain. Sans lui : pas de *Fast and Furious*.

Tu es bien d'accord. Tu réponds cependant :

– C'est très beau, mais ce n'est manifestement pas la bonne direction. On n'est pas là pour faire du tourisme, contrairement à ce que pensent certaines…

– Qu'on ne me reparle pas de ma perche à selfie ! ordonne Yun.

Du coup, vous faites demi-tour et repartez dans l'autre sens.

Va au 61

Vous parvenez enfin devant la tombe de La Fontaine, qui consiste en un cercueil de pierre élevé au-dessus de la pierre tombale. Romain se recueille, visiblement ému. Après une minute, Yun rompt le silence :

— Je ne savais pas que tu aimais La Fontaine à ce point !

— Ah, La Fontaine ! 1621-1695 ! Son corps n'est pas ici : on ne l'a pas retrouvé quand on l'a cherché pour le transférer au Père-Lachaise. C'est grâce à lui que je me suis intéressé à l'école. Avant, je m'ennuyais horriblement. Mais ses histoires avec des animaux…

— Ça remonte à quand ce coup de foudre ?

— Au CE1.

Pour ne pas montrer ton sourire, tu te penches et recueilles un papier qui a été placé entre les barreaux d'une grille. La pluie s'est mise à tomber et tu le prends juste avant qu'il ne soit détrempé.

— Un mot du Cercle des Fées ? grommelle Karim.

Tu déplies la lettre et lis les lignes suivantes à haute voix :

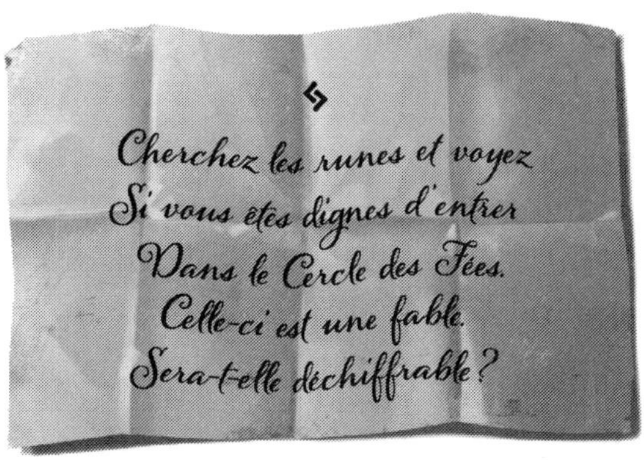
Cherchez les runes et voyez
Si vous êtes dignes d'entrer
Dans le Cercle des Fées.
Celle-ci est une fable.
Sera-t-elle déchiffrable ?

Tourne la page

61

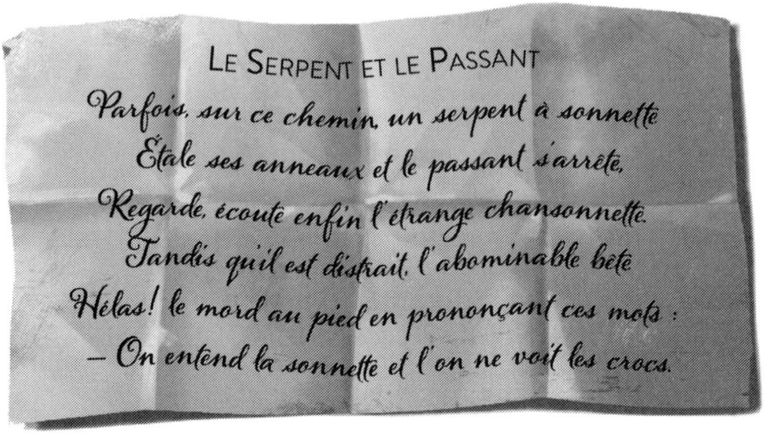
LE SERPENT ET LE PASSANT

Parfois, sur ce chemin, un serpent à sonnette
Étale ses anneaux et le passant s'arrête,
Regarde, écoute enfin l'étrange chansonnette.
Tandis qu'il est distrait, l'abominable bête
Hélas ! le mord au pied en prononçant ces mots :
– On entend la sonnette et l'on ne voit les crocs.

— Enfin, une énigme en rapport avec les animaux ! se félicite Romain en se frottant les mains.

— Moi, je trouve ça plutôt glauque comme histoire, fait Yun.

De ton côté, tu cherches le sens caché de ce texte.

C'est une énigme qui s'offre à toi : elle t'indiquera quoi faire ensuite. Prends bien le temps de réfléchir. Tu peux demander de l'aide à tes camarades. Attention, leurs indications sont de plus en plus précises. La dernière te donnera la solution de l'énigme.

Tu peux demander une indication à Romain en allant au 61 / +3 = 64

Tu peux demander une deuxième indication à Bérénice en allant au 61 / +1 = 62

Tu peux demander la solution à Yun en allant au 61 / +4 = 65

Tu peux demander le résultat à Karim en allant au 61 / +2 = 63

Une fois le résultat trouvé, tu peux te diriger vers une nouvelle tombe en allant voir le plan au 512

62

— **La fable parle d'un serpent à sonnette,** songe Bérénice à voix haute. Les crocs sont dans la gueule et la sonnette est sur la queue. On doit se concentrer sur la gueule. Mais où est-elle ?

— Tu veux dire dans la fable ?

— Non, dans le poème. Il doit y avoir quelque chose qui représente la gueule du serpent.

Retourne au 61

63

– **Bon sang!** C'est un acrostiche, révèle Karim. Comment ai-je fait pour ne pas voir ça plus tôt. C'est un classique en poésie! Il suffit de lire la première lettre de chaque vers : P, E, R, T, H et O. Cela donne Perthō. C'est la rune ᛈ.

Vous vous réjouissez d'avoir découvert la solution.

Comme cela te semble important, tu notes mentalement ce détail pour plus tard.

Retourne au 512

64

— **Je suis sûr** que la morale a un sens ! s'exclame Romain. Elle nous dit à quoi il faut faire attention ! C'est comme ça dans toutes les fables.

— Oui, enfin, « On a toujours besoin d'un plus petit que soi », c'est quand même plus clair, énonce Karim.

— Ça veut dire qu'on a besoin de Bérénice ? fait Romain innocemment.

— Toi, tu as de la chance d'être costaud, murmure Bérénice d'un ton menaçant. Ça ne suffira pas toujours...

Tu décides de relire la fable.

Retourne au 61

65

— **Le serpent** est la métaphore du vers ! s'exclame Yun. D'ailleurs, le ver de terre et le serpent ont une même forme allongée. Du coup, la sonnette, ce qui fait du son, de la musique, c'est la fin du vers, la rime ! s'exclame Yun.

Tu commences à entrevoir la solution et reprends le papier sous tes yeux.

— Alors, la gueule doit être...

Retourne au 61

70

Vous parvenez devant la tombe de Gustave Caillebotte, qui a donné son nom à votre lycée. Tu lis les dates, que tu ignorais : 1848-1894. Il s'agit d'un petit tombeau familial, fermé par une porte métallique sur laquelle quelqu'un a accroché un autoportrait du peintre.

Sous la porte est glissé un nouveau papier.

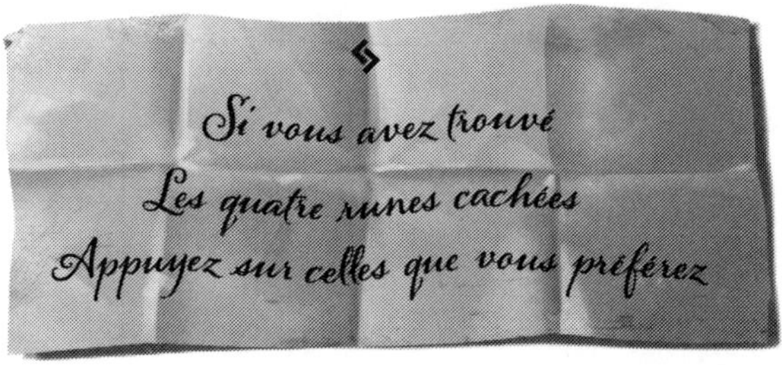

— On est sûrs d'avoir les quatre runes dont parle le message ? demande Bérénice. Ce serait dommage de se tromper...

— Rien ne nous empêche de vérifier, propose Karim.

En bas du battant, tu remarques six sculptures en relief dans le métal.

Découvre la porte du tombeau à la page suivante.

Tu peux demander un indice à Bérénice +1

Tu peux demander un deuxième indice à Romain +3

Tu peux demander l'explication à Yun +4

Tu peux demander la solution à Karim +2

Si tu penses qu'il te manque des informations pour découvrir la bonne réponse, retourne voir le plan au 512

70

71

– **Il y a évidemment** un lien entre ces quatre runes et les quatre autres tombes à voir, remarque Bérénice. Il faut partir de là.

Retourne au 70

72

– **Chaque mot** comporte quatre lettres et désigne un nombre. Il n'y a qu'à traduire le mot formé par les runes que nous avons trouvées : SEPT.

– Mais attention, prévient Romain. Maintenant, il faut appuyer sur la bonne partie de la porte pour déclencher l'ouverture !

Va au 77

73

– **Si on a bien les quatre runes** des quatre tombes, on peut trouver quel est le bon mot, non ? suggère Romain. Ça doit bien vouloir dire quelque chose…

Retourne au 70

74

— **Il n'y a qu'un ensemble de runes** qui correspond, indique Yun. C'est ᛊᛖᛈᛏ. Tous les autres utilisent au moins une rune que nous n'avons pas découverte sur les autres tombes.

— Laissez, je vais traduire, propose Karim.

Retourne au 70

75

Tu appuies sur la rune et... il ne se passe absolument rien. Vous vous regardez, déçus. Vous essayez les autres runes mais cela n'a pas plus d'effet.

— Il faut croire qu'on ne méritait pas d'entrer dans le Cercle des Fées, murmure Bérénice.

EN TOUT CAS, POUR VOUS, L'AVENTURE EST TERMINÉE.

76

Tu tends le sandwich à Romain. Il s'en empare et mord dans sa préparation. Poliment, tu lui demandes :

— Cette fois, tu as mis quoi dedans ?

Le sang revient à ses joues.

— Tapenade, tomates et steak végétal, annonce-t-il fièrement.

— Au petit déjeuner, ça ne doit pas être super, tempère Bérénice.

— J'étais tellement pris par cette histoire que j'en ai oublié de manger, avoue Romain, stupéfait par sa propre révélation. Et puis Alex me parlait tout le temps de mon sandwich, ça m'a déconcentré. J'ai fait une petite crise d'hypoglycémie, c'est tout.

Il a l'air requinqué. Bon, mais malgré tout, tu as l'impression de lui avoir donné son dernier repas du condamné. En effet, la gardienne a profité de votre immobilité. Elle est maintenant sur vous, arme au poing.

— C'est bon, dis-tu, on se rend.

**POUR VOUS,
L'AVENTURE EST TERMINÉE.**

77

Tu appuies sur la rune et... la porte s'ouvre brusquement !

Entre Escape Geeks, vous vous dévisagez. Qui va oser franchir le seuil ? Une fois de plus, les regards se tournent vers toi.

— C'est bon, j'y vais...

Mais c'est plus facile à dire qu'à faire. Tu t'avances très lentement vers l'ouverture. Quels secrets renferme ce tombeau ?

Soudain, au moment où tu vas poser un pied à l'intérieur, la porte grince et se referme brusquement. Tu en reste stupide, la bouche ouverte, les yeux écarquillés.

— J'ai l'impression qu'on vient de se faire recaler, murmure Yun.

— Mais ce n'est pas possible, proteste Karim. On avait trouvé la solution !

Romain et toi essayez de pousser le battant mais rien n'y fait : impossible de rouvrir la porte. Tu ne comprends plus rien à ce qu'il se passe. Où avez-vous échoué ? Avez-vous été trop lents ?

Soudain, le temps tourne complètement à l'orage.

Un éclair tombe tout près de vous. Il frappe la branche d'un arbre dans un bruit assourdissant. Tu vois les feuilles prendre feu un bref instant et éclairer une silhouette dissimulée derrière le tronc.

Sans doute effrayée par la chute des rameaux et par les flammes, l'ombre disparaît aussitôt.

— Là, il y avait quelqu'un ! s'écrie Romain.

— On nous espionnait ? demande Yun.

Au même moment, de nouveaux éclairs titanesques zèbrent le ciel noir. Le tonnerre gronde, assourdissant.

Une pluie torrentielle vous tombe dessus.

— Qu'est-ce qu'on fait, Alex ? demande Romain en criant pour se faire entendre.

Il faudrait au moins chercher un abri. Et il vaut mieux ne pas rester sous les arbres quand la foudre tombe. De plus, si la silhouette qui vous surveillait était celle d'un membre d'Odal, vous seriez en grand danger. Tu préfères rentrer. Il sera toujours possible de revenir une autre fois.

— On sort d'ici !

Les Escape Geeks font donc demi-tour à ta suite et se mettent à courir vers la sortie du cimetière. Vos semelles ripent sur les pavés glissants. Vous allez finir par vous casser la figure.

Heureusement, le portail se dessine déjà au loin, brouillé par le rideau de pluie. Vous allez pouvoir vous abriter dehors, dans un café quelconque, et boire un chocolat pour vous réchauffer.

Vous êtes déjà trempés jusqu'à l'os.

— La gardienne est en train de fermer la porte ! s'exclame Karim qui, du haut de sa grande taille, voit plus loin que le reste du groupe.

Tout le monde se met à agiter les bras en criant.

— Hé ! Attendez ! S'il vous plaît !

Romain entame un sprint ravageur mais tu l'arrêtes d'une main sur l'épaule. Il se retourne vers toi, tout étonné.

— Ben, quoi ?

Tu te figes, bouche bée. À la lueur d'un éclair, tu as cru distinguer sur l'uniforme de la gardienne le symbole qui incarne votre ennemi : la rune ᛟ !

— Et alors ? s'emporte Bérénice.

— Odal...

C'est le seul mot que tu es capable d'articuler. Jamais tu n'aurais pensé que Salvus, la compagnie de sécurité privée qui couvre leurs sinistres activités, travaillait aussi pour les cimetières parisiens !

Les autres comprennent aussitôt. Karim s'arrête en plein élan et ressemble à un albatros qui aurait raté son atterrissage, les bras battant dans les airs. Yun stoppe net, tandis que Bérénice fait presque crisser les semelles de ses chaussures en un dérapage contrôlé.

Très lentement, la gardienne relève la tête et se tourne vers vous. Ton sang se glace dans tes veines. Elle a des gestes presque robotiques et son regard est d'un bleu acier.

— Demi-tour !

Tu n'as pas eu le temps de voir si elle a fermé la porte à clé. Dommage...

La pluie n'arrête pas de tomber. Tu essaies de sortir ton smartphone de ton sac et d'appeler la police.

— Elle nous suit ! s'exclame Yun.

— Mon portable est noyé ! s'écrie Bérénice.

— Le mien aussi, gronde Romain.

Tu en arrives à la même conclusion. La pluie diluvienne a mis les appareils hors d'état de marche. À moins que ce ne soient les éclairs ?

77

En vous précipitant, vous arrivez devant un panneau agrémenté de l'indication « Vous êtes ici ».

— On va où ?

Un regard te suffit pour repérer les cinq sorties. Tu dois te décider rapidement. Les autres comptent sur toi et le membre d'Odal approche.

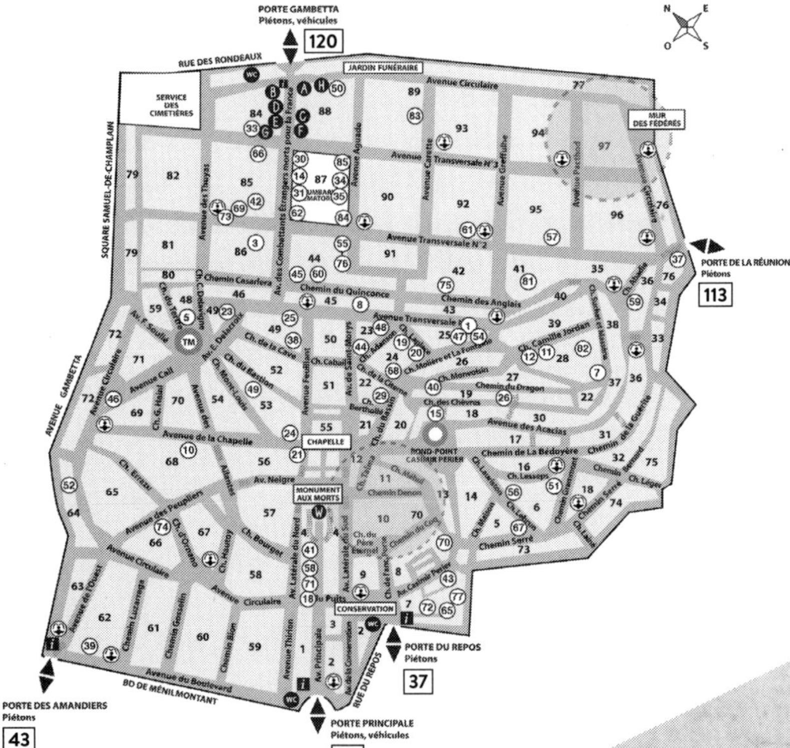

Si tu choisis la porte du Repos, va au 37

Si tu choisis la porte des Amandiers, va au 43

Si tu choisis la porte principale, va au 88

Si tu choisis la porte de la Réunion, va au 113

Si tu choisis la porte Gambetta, va au 120

Tu appuies sur la rune et... il ne se passe absolument rien. Vous vous regardez, déçus. Vous essayez les autres runes mais cela n'a pas plus d'effet.

— Il faut croire qu'on ne méritait pas d'entrer dans le Cercle des Fées, murmure Bérénice.

EN TOUT CAS, POUR VOUS, L'AVENTURE EST TERMINÉE.

79

Tu appuies sur la rune et... il ne se passe absolument rien. Vous vous regardez, déçus. Vous essayez les autres runes mais cela n'a pas plus d'effet.

— Bon, c'est peut-être l'heure de prendre le goûter pour se consoler, propose Romain.

EN TOUT CAS, POUR VOUS, L'AVENTURE EST TERMINÉE.

Tu appuies sur la rune et… il ne se passe absolument rien. Vous vous regardez, déçus. Vous essayez les autres runes mais cela n'a pas plus d'effet.

— On peut profiter de ce moment pour terminer notre visite, propose Karim.

EN TOUT CAS, POUR VOUS, L'AVENTURE EST TERMINÉE.

88

Vous repartez en courant vers l'arrière en espérant éviter la gardienne. Avec un peu de chance, elle n'aura pas eu le temps de fermer le portail à clé.

Malgré la pluie diluvienne, vous traversez une partie du cimetière sans glisser sur les pavés trempés et luisants.

Enfin, vous parvenez à la porte. Hélas, elle est tout à fait fermée. Vous avez beau tambouriner contre les battants, rien n'y fait.

Vaincus, vous vous retournez finalement pour voir arriver votre ennemie qui vient droit sur vous, un revolver en main et la bouche tordue par un mauvais sourire.

Il n'y a plus aucun moyen de lui échapper à présent. Tu fermes les yeux pour ne pas voir la suite.

EN TOUT CAS, POUR VOUS, L'AVENTURE EST TERMINÉE.

Tu rejoins Bérénice qui se précipite vers la section 89 du cimetière. Mais elle est partie très rapidement. Les autres lui emboîtent le pas. Est-ce que tu te dépêches pour les rattraper ou tu prends ton temps ?

Sur les options marquées « Action » ? tu peux choisir d'agir soit prudemment (en ajoutant 5) soit rapidement (en ajoutant 6).

Si tu te déplaces prudemment 89 +5 = 94

Si tu te déplaces rapidement 89 +6 = 95

94

Tu prends ton temps et gardes ton souffle. Cependant, après un moment, à force de rester en arrière, tu remarques une silhouette qui rôde. Un frisson te remonte le long de la colonne vertébrale.

— Eh bien, Alex, tu dors ?

Tu sursautes : Bérénice est revenue sur ses pas pour te chercher. Elle t'attend, les mains posées sur les hanches, impatiente. Quand tu regardes de nouveau en arrière, l'ombre a disparu. Tu as peut-être rêvé ; le cimetière est vide.

Cette fois, tu accélères l'allure pour rejoindre le groupe.

Va au 101

95

Bérénice ne ralentit pas.

Malgré ses petites jambes, elle s'enfonce sous les arbres, le reste des Escape Geeks sur les talons. Tu t'essouffles à les suivre jusqu'à la tombe de Chaptal.

Va au 101

100

— **Bon, on a la traduction.** Maintenant, il faudrait peut-être appuyer sur la partie de la porte, non ?

Retourne au 70 et ajoute le nombre que tu as trouvé

101

Tu découvres un tombeau de marbre blanc entre deux buissons où il est inscrit « Famille Chaptal ». Parmi les noms gravés, tu repères celui que Bérénice te désigne : Jean-Antoine Chaptal (1756-1832).

– C'était un médecin et un homme politique, explique Bérénice. Un chimiste également. Bref, tout ce que j'aime. Il a découvert la fabrication artificielle de l'alun et du salpêtre, et fait progresser la chaptalisation qui permet d'augmenter la teneur en alcool des vins grâce au sucrage.

Tu acquiesces poliment en te disant qu'une telle information intéresserait plutôt Romain. D'ailleurs ce dernier hoche la tête. Soudain, tu remarques un papier posé directement sur la pierre tombale.

Tu te penches et le saisis.

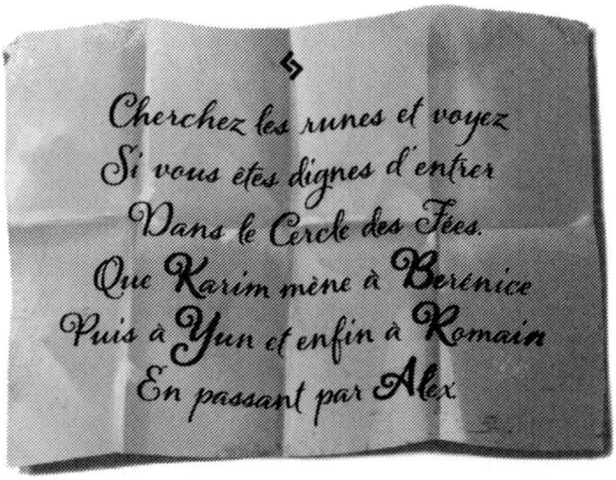

Cherchez les runes et voyez
Si vous êtes dignes d'entrer
Dans le Cercle des Fées.
Que Karim mène à Berenice
Puis à Yun et enfin à Romain
En passant par Alex.

C'est assez court mais, au verso du message, tu distingues un grand tableau.

– C'est le tableau périodique des éléments, remarque Bérénice. Il a été établi très longtemps après la mort de Chaptal... Et j'ai l'impression qu'il manque pas mal d'éléments.

101

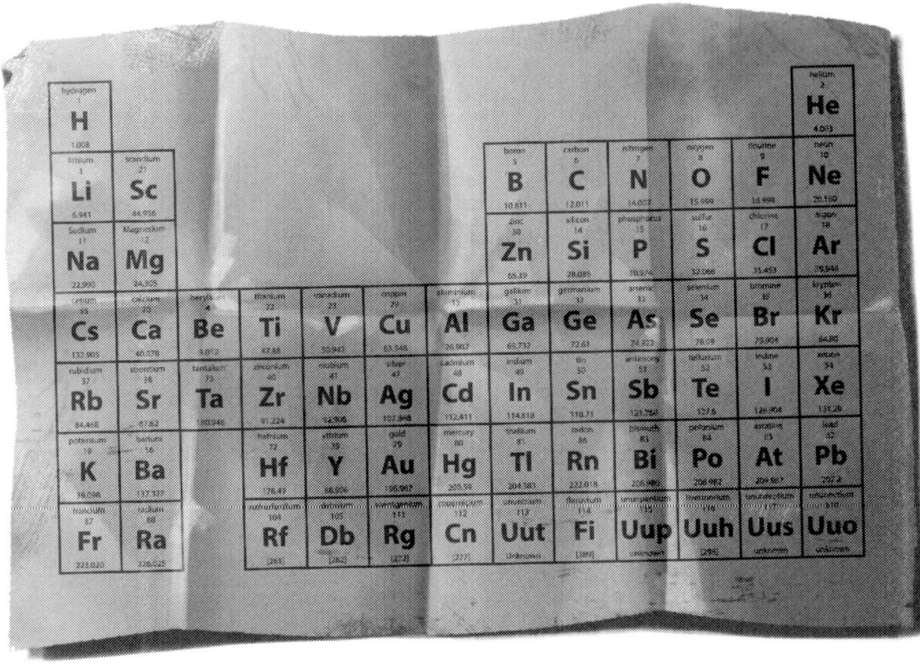

C'est une énigme qui s'offre à toi : elle t'indiquera quoi faire ensuite. Prends bien le temps de réfléchir. Tu peux demander de l'aide à tes camarades. Attention, leurs indications sont de plus en plus précises. La dernière te donnera la solution de l'énigme.

Tu peux demander un indice à Bérénice en allant au 101 +1 = 102

Tu peux demander un deuxième indice à Romain en allant au 101 +3 = 104

Tu peux demander l'explication à Yun en allant au 101 +4 = 105

Tu peux demander la solution à Karim en allant au 101 +2 = 103

Une fois la solution trouvée, tu peux te diriger vers une nouvelle tombe en allant voir le plan au 512

Bérénice s'impatiente.

— Bon, il y a encore des lettres qui ressortent dans le texte, non ?

— Ils nous feraient le même coup qu'à la porte d'entrée ? grimace Romain. Je trouve que le Cercle des Fées manque un petit peu de cœur à l'ouvrage.

— Attends, prévient Yun. Si ça se trouve, cette énigme est très différente.

Retourne au 101

103

Karim écarte la mèche de ses yeux.

— J'ai l'impression que ça trace la rune ᛊ, murmure-t-il.

Tu aurais aimé pouvoir t'attribuer cette découverte mais il a été plus rapide que toi.

— Il s'agit de la rune Sōwilō, précise-t-il.

Tu t'efforces de retenir cette information, qui te servira sans doute plus tard.

Va au 512

104

Romain sautille sur place.

— Oh ! s'exclame-t-il. J'ai compris ! Les lettres en gras de nos prénoms correspondent à certains éléments chimiques !

Il commence à les montrer sur le tableau mais tu préfères te débrouiller toi-même.

Retourne au 101

105

Yun trace un trait avec son doigt.

– C'est bien ce que je pensais, songe-t-elle tout haut. Il faut relier les éléments dans l'ordre : K, puis Be, puis Y, puis Rn et enfin Al.

– Attention, souligne Karim. Vérifie bien l'ordre donné dans le texte. J'ai l'impression qu'il y a une ruse...

Pour la énième fois, tu te replonges dans le tableau.

Retourne au 101

— **On va à la porte** de la Réunion !

Vous poursuivez tout droit et arrivez devant l'immense monument aux morts qui semble particulièrement sinistre sous la pluie. Puis vous obliquez sur la droite. Luttant contre les éléments, vous parvenez, à moitié aveuglés par la pluie qui vous colle les cheveux dans les yeux ou vous mouille les lunettes (à part Bérénice), à un grand rond-point dont le centre est occupé par une statue de bronze.

— C'est Casimir Perier, indique Karim.

Yun pouffe.

— Il avait un nom rigolo !

— C'était un homme politique, répond Karim imperturbable. Il est mort du choléra.

— Vous pensez vraiment que c'est le moment ? intervient Bérénice. Je vous rappelle que la gardienne est à nos trousses !

Vous dévalez de larges escaliers qui conduisent à une petite porte. Hélas, elle est fermée !

— Ton Godzilla Badoit ne nous aura pas porté chance, peste Romain.

— Godzilla Ba... ?

Karim ouvre de grands yeux avant de renoncer à comprendre.

— Qu'est-ce qu'on fait maintenant ? demande Bérénice. La gardienne est presque là...

— J'ai peut-être une idée, annonce Karim.

Si tu lui fais confiance, va au 113 + 2

Si tu préfères retourner vers la sortie principale, va au 88

115

— **Mettez-vous** derrière le mur. On se retrouve au rond-point.

À peine êtes-vous cachés que Karim détale à toute allure. Il a une bonne endurance, heureusement. Vous voyez que la gardienne, qui arrivait droit sur vous, change brusquement de direction et se met à poursuivre Karim sans donner l'air de produire le moindre effort.

Dès qu'elle s'est éloignée, vous sortez de votre cachette et retournez prudemment à la statue de Casimir Perier.

— Quand je pense que tu l'as appelé Godzilla Badoit, ricane Yun.

— Je suis content que ma blague te plaise, répond Romain.

— En fait, c'est un rire nerveux.

Romain a une grimace de déception.

— Voilà Karim ! s'exclame Bérénice qui le guettait désespérément.

En effet, le grand garçon arrive, tout essoufflé.

— Ouf, fait-il en se tenant les côtes. J'ai bien cru que je n'arriverais jamais à la semer...

— Et maintenant ? demande Bérénice.

Tu hésites entre te cacher ou essayer de rejoindre l'entrée principale qui doit être libre désormais.

Si tu gagnes la sortie principale, va au 88

Si tu cherches une cachette avec les autres, va au 200

— **On va à la porte** Gambetta !

Vous poursuivez tout droit et arrivez devant l'immense monument aux morts qui semble particulièrement sinistre sous la pluie. Puis vous obliquez sur la gauche.

Luttant contre les éléments, vous parvenez, à moitié aveuglés par la pluie qui vous colle les cheveux dans les yeux ou vous mouille les lunettes (à part Bérénice), devant une chapelle de style néo-byzantin, avec des pierres noires et blanches en bandes horizontales, flanquée de quatre ailes et surmontée d'un vaste dôme de brique et de grès.

— C'est le crématorium, explique Yun en passant.

Vous arrivez bientôt devant la porte Gambetta. Hélas, elle est fermée à clé !

À cet endroit, il pleut tellement que l'eau cascade depuis les tombes placées au-dessus de vous. Cela forme une vraie rivière.

— Faites ce que je vous dis et tout se passera bien, déclare fermement Bérénice.

Si tu lui fais confiance, va au 120 +1

Si tu préfères retourner vers la sortie principale, va au 88

121

Vous regardez Bérénice, attendant ses ordres.

— Restez ici ! Je monte.

Vous la voyez courir pour gagner les tombes en hauteur. Tu as peur pour elle. Bérénice est la plus jeune du groupe et tu t'en sens responsable.

Tu la vois arriver en haut et s'approcher du bord en reculant. Elle esquisse de grands gestes mais ils ne vous sont pas adressés. Elle fait tout pour attirer l'attention de la gardienne dont tu aperçois l'ombre qui s'approche, menaçante.

À la faveur d'un éclair, tu vois même le canon de son revolver briller dans l'obscurité, à moins que ce ne soient ses iris pâles. Bérénice recule et tu te mords les lèvres pour ne pas crier.

Dès que la gardienne est près de l'attraper, Bérénice plonge dans le vide !

Non, en fait, elle se laisse glisser dans le torrent improvisé qui vomit ses eaux troubles sur vous. Tu te précipites mais Romain est le plus rapide. Pénétrant dans une immense flaque qui lui monte jusqu'aux cuisses, il saisit Bérénice au vol.

— Tu es complètement folle ! s'exclame-t-il, partagé entre la colère et l'admiration.

— Dépêchons-nous, lui rétorque Bérénice en sautant à terre. Le temps qu'elle redescende, on sera partis.

— Partis, oui. Mais pour où ? demande Yun.

Bonne question. Tu ne vois que deux solutions : soit vous précipiter vers la porte principale en espérant qu'elle ne soit pas fermée ; soit vous cacher le mieux possible.

Si tu gagnes la sortie principale, va au 88
Si tu cherches une cachette avec les autres, va au 200

123

Suivant ton plan, Bérénice brandit la clé USB. Quand la gardienne s'avance, Karim lui jette le savon dans les jambes. La femme l'évite avec un air attristé pour vous.

Elle n'a pas l'air impressionnée par le sandwich que Romain lui agite sous le nez.

Ton plan tourne au fiasco. Tu lèves les mains pour te rendre.

Va au 600

124

Tu penses avoir trouvé les camarades les plus à même de t'aider.

Bérénice peut utiliser sa clé USB, Karim son savon et Yun sa perche à selfie. Mais est-ce pour autant le bon ordre ? Tu y es presque.

Retourne au 666

132

Suivant ton plan, Bérénice brandit la clé USB. Quand la gardienne s'avance, Romain lui agite son sandwich sous le nez. Elle n'a pas l'air impressionnée. Puis Karim lui jette un savon dans les pieds, mais elle l'évite avec un sourire méprisant.

Ton plan tourne au fiasco. Tu lèves les mains pour te rendre.

Va au 600

Suivant ton plan, Bérénice brandit la clé USB. Quand la gardienne s'avance, Romain lui agite son sandwich sous le nez. Elle n'a pas l'air impressionnée.

Yun enfonce la perche à selfie dans la prise pour faire sauter les plombs mais la lumière des issues de secours revient rapidement et la femme n'a pas bougé. Elle vous menace toujours de son arme.

Ton plan tourne au fiasco. Tu lèves les mains pour te rendre.

Va au 600

142

Suivant ton plan, tu désignes Bérénice. Celle-ci comprend d'un geste. Elle lève la clé USB au-dessus de sa tête.

— C'est ça que vous voulez ? Vous n'avez qu'à venir la chercher !

Même si son visage demeure de marbre, les yeux de la gardienne brillent de convoitise. Elle avance, presque malgré elle.

C'est le moment d'éteindre les lumières. Tu fais alors signe à Yun qui dégaine aussitôt sa perche à selfie. Courageuse, elle enfonce les deux pointes de la perche dans la prise, provoquant un magnifique court-circuit.

La salle est plongée dans le noir pendant une seconde.

— Karim, à toi !

Le grand garçon est déjà prêt à intervenir. Il jette le savon qu'il tenait en main dans les pieds de la gardienne. Ton plan fonctionne : elle marche dessus et glisse, comme fauchée par une lame invisible.

Tu entends un grand boum.

Va au 536

Suivant ton plan, Bérénice brandit la clé USB. Quand la gardienne s'avance, Yun enfonce la perche à selfie dans la prise. Les plombs sautent mais la lumière verte des issues de secours revient presque aussitôt.

La gardienne n'a pas l'air impressionnée par le sandwich que Romain lui agite sous le nez.

Ton plan tourne au fiasco. Tu lèves les mains pour te rendre.

Va au 600

170

Tu appuies sur la rune et… il ne se passe absolument rien. Vous vous regardez, déçus. Vous essayez les autres runes mais cela n'a pas plus d'effet.

— Au moins, on a une perche à selfie pour prendre quelques photos-souvenirs, déclare Yun avec un sourire triste.

EN TOUT CAS, POUR VOUS, L'AVENTURE EST TERMINÉE.

Tu n'hésites pas longtemps. Un seul monument est visible de partout et semble assez grand pour vous procurer un abri sûr : l'immense crématorium-columbarium qui sert à déposer les cendres des personnes incinérées. Son dôme s'élève au-dessus des tombes et des arbres.

Vous vous précipitez.

L'orage continue de plus belle. Dans ton esprit, le doute s'installe : est-ce la magie des runes qui a provoqué cette tempête ? Si c'est le cas, ce Cercle des Fées est puissant. Pour l'instant, tu ne sais pas quoi en penser. Est-ce qu'il s'agit d'une autre secte ? Tu restes perplexe.

Vous cheminez vers le grand édifice en surveillant vos arrières. Pour l'instant, il n'y a plus trace de la gardienne aux allures de cyborg. Maintenant, cela risque d'être tout le temps comme cela : si Odal réussit à infiltrer tous les organismes grâce à sa société de sécurité Salvus, vous ne serez jamais tranquilles... Mais c'est un peu vous qui vous êtes jetés dans la gueule du loup.

Vous parvenez enfin devant les murs du columbarium. Hélas, toutes les portes sont fermées. Une fois encore, vous vous retrouvez dehors.

— Je commence à en avoir marre ! s'écrie Bérénice.

Elle est toute grelottante et ses lèvres bleuissent. Trouver un abri serait vraiment une bonne chose. Tu vois que tous les yeux se tournent encore dans ta direction.

Cependant, tu es à court d'idées. Impossible de quitter le cimetière et impossible de se cacher en attendant le matin et la fin de la pluie qui transforme le sol en patinoire. Vous êtes coincés avec une membre d'Odal armée qui rôde au milieu des tombes !

Tu as connu des situations plus réjouissantes...

Soudain, comme pour achever cette spirale de la louze, au moment d'un éclair, deux yeux brillants apparaissent juste devant vous, derrière les branches d'un buisson.

Les iris sont d'un vert ambré, et les pupilles sont ovales et verticales. Qu'est-ce que c'est que cette créature ?

Est-ce que tu attends prudemment ?
Est-ce que tu fuis rapidement ?

En te sentant ridicule, tu jettes le sandwich à la tête de la gardienne.

Bien visé ! Elle le prend en pleine figure. Pas de chance pour elle : ce n'est pas sa journée !

Le tir la surprend et la déconcentre. D'un geste, elle écarte le casse-croûte qui lui bloque la vue. Cela suffit pour ne pas voir une branche qui dépasse sur le chemin.

Emportée par son élan, elle se cogne avec un bruit sourd. Elle s'effondre sur le pavé.

Tu te détournes, même si elle ne bouge plus, sans doute assommée. Tu ne t'inquiètes pas pour elle : son crâne doit être solide.

Tu achèves de tourner la clé dans la serrure et entends enfin le déclic salvateur.

La porte s'ouvre !

Vous vous glissez dehors, vous mettant à trois pour pousser Romain.

Dès que tous les Escape Geeks sont sortis, tu refermes la porte et tourne de nouveau la clé dans la serrure. Un tour et puis « crac » ! Elle est cassée dans le mécanisme. C'est mieux.

Ainsi, même si elle se réveille bientôt, la gardienne ne pourra pas vous suivre. Et avec un peu de chance, la police pourra même l'arrêter !

Romain a roulé par terre, toujours aussi pâle. Il doit être en pleine crise d'hypoglycémie.

Pourtant, il sourit de toutes ses dents.

— Je vous avais dit que mon sandwich nous sauverait !

Poliment, tu lui demandes :

— Cette fois, tu as mis quoi dedans ?

— Tapenade, tomates et steak végétal, annonce-t-il fièrement.

— Je ne sais pas si c'est bon, déclare Yun, mais ça vole bien. On devrait tous en avoir sur nous en cas d'attaque d'Odal.

Vous pouvez enfin vous détendre et rire, soulagés.

Une fois de plus, vous avez réussi à échapper à Odal. Et grâce à la clé USB, il vous reste encore de nombreux secrets à découvrir.

— Allez, Romain, si tu arrives à te traîner jusqu'au café de la place, je te paie un chocolat chaud !

Ta promesse n'est pas tombée dans l'oreille d'un sourd. Même titubant, Romain se relève.

— Avec de la Chantilly ? demande-t-il.

Tu acquiesces.

— Oui, avec toute la Chantilly que tu voudras.

FIN DE L'AVENTURE !
BIEN JOUÉ, LES ESCAPE GEEKS !

Tu te figes en espérant que la bête ne te verra pas. Un autre éclair te permet de distinguer, au milieu des ombres, des dents pointues, une truffe noire, un museau fin, un crâne étroit et allongé, des oreilles triangulaires, un pelage roux.

— C'est un renard !

— J'avais lu qu'une famille de renards avait élu domicile dans le Père-Lachaise, intervient Romain.

— Il a dû venir voir la tombe de La Fontaine, ricane nerveusement Karim.

— C'est ça, poursuit Yun. Il avait rendez-vous avec le corbeau !

L'animal, lui, ne bouge pas. Il continue de vous fixer.

— On devrait le suivre, propose Romain. Il connaît sûrement un passage.

— Tu plaisantes ? s'écrie Karim. Cette bête-là a peut-être la rage !

— C'est fini en France depuis plus de vingt ans, ça, réplique Bérénice. Moi, je suis d'accord avec Romain. Dans la mythologie dogon, le Renard pâle laisse des signes avec ses traces de pattes qu'il faut interpréter.

— Peut-être, intervient Yun, mais je te signale que dans les folklores japonais et chinois, les femmes-renardes sont trompeuses.

— Pareil dans la mythologie nordique, ajoute Karim. Le renard est associé à Loki, dieu de la ruse et de la tromperie. En plus, si je me souviens bien de l'article sur les renards du Père-Lachaise, il y a des petits.

205

Si c'est leur mère, elle voudra les protéger et nous attaquera à la première occasion.

Tu vois deux camps se dessiner : suivre le renard avec Romain et Bérénice ou bien refuser avec Karim et Yun. Ta voix va les départager.

Votes-tu comme Karim + 2 *et Yun* + 4 *?*

Ou comme Romain + 3 *et Bérénice* + 1 *?*

Tu fais volte-face et détales. Pas question de se faire dévorer par un monstre. Les autres t'emboîtent le pas et vous vous élancez sous la pluie.

Au premier tournant, ton pied ripe sur le sol humide, tu t'effondres et ta tête cogne le macadam.

Va au 36

209

Tu votes pour suivre l'animal.

Comme s'il avait entendu toute votre conversation, il fait brusquement demi-tour et, après un regard en arrière pour s'assurer que vous êtes bien sur ses talons, il trotte sous les buissons.

Vous franchissez ces barrières végétales en achevant de vous tremper avec les gouttes suspendues aux feuilles. C'est froid. Vous vous rapprochez du columbarium.

Soudain, tu te retrouves face à un buisson de ronces. Le renard passe tranquillement en-dessous, mais pour vous, c'est une autre affaire. Impossible d'avancer sans se déchirer la peau sur les épines. Personne ne va toucher à ça.

Comment faire pour soulever ces tiges couvertes d'aiguillons acérés ?

211

Tu votes pour laisser le canidé tranquille. Vous faites demi-tour. Il n'y a rien de bon pour vous ici.

La pluie ne cesse pas et la gardienne n'est visible nulle part.

Il ne vous reste plus qu'à essayer de sortir par la porte principale.

Va au 88

213

Suivant ton plan, Karim jette le savon dans les jambes de la gardienne qui l'évite avec un air méprisant. Bérénice brandit la clé USB au-dessus de sa tête et la femme s'avance vers elle.

Elle n'a pas l'air impressionnée par le sandwich que Romain lui agite sous le nez.

Ton plan tourne au fiasco. Tu lèves les mains pour te rendre.

Va au 600

Tu penses avoir trouvé les camarades les plus à même de t'aider.

Karim peut utiliser son savon, Bérénice sa clé USB et Yun sa perche à selfie. Mais est-ce pour autant le bon ordre ? Tu sens que tu y es presque.

Retourne au 666

218

Tu ôtes ton sac à dos en espérant te protéger contre les pointes. Mais c'est une très mauvaise idée : les épines s'enfoncent dans le tissu et s'agrippent au point que tu as du mal à arracher ton sac pour le reprendre.

Il écope de quelques déchirures supplémentaires. Il n'en reste plus grand-chose.

Tu réfléchis à une autre idée.

Retourne au 209

219

– **Tu vas le recevoir** dans la tête, mon sandwich ! menace Romain.

Comme il n'a pas l'air de plaisanter, tu renonces à utiliser de la nourriture pour repousser un buisson.

En même temps, ça n'avait pas l'air d'être l'idée du siècle.

Retourne au 209

220

Tu éprouves un peu de remords à faire appel de nouveau à la perche à selfie de Yun. Celle-ci se contente de sourire et ne fait aucun commentaire.

Alors, glissant la perche sous le buisson, tu utilises la pince de l'extrémité pour attraper les tiges et les relever. Il y a maintenant un passage suffisant pour que tout le monde puisse se glisser en-dessous, même Romain.

Va au 250

– **Au moins, on a de l'eau,** concède Yun. Mais est-ce que c'est vraiment le moment de se doucher ?

– On a bien transpiré en courant partout, plaide Romain.

Devant le regard des autres, il admet :

– D'accord, ce n'est pas le moment. Mais Alex va bien trouver une autre idée.

Il se tourne vers toi, légèrement inquiet :

– N'est-ce pas, Alex ?

Retourne au 209

231

Suivant ton plan, Karim jette le savon dans les jambes de la gardienne qui l'évite avec un air méprisant. Elle n'a pas l'air impressionnée par le sandwich que Romain lui agite sous le nez.

Bérénice brandit la clé USB au-dessus de sa tête et la femme s'avance vers elle.

Ton plan tourne au fiasco. Tu lèves les mains pour te rendre.

Va au 600

Suivant ton plan, Karim jette le savon dans les jambes de la gardienne qui l'évite avec un air méprisant. Elle n'a pas l'air impressionnée par le sandwich que Romain lui agite sous le nez.

Yun enfonce la perche à selfie dans la prise, provoquant un court-circuit. La lumière s'éteint puis revient presque aussitôt : les blocs verts des sorties de secours sont encore éclairés. Et la gardienne vous menace toujours.

Ton plan tourne au fiasco. Tu lèves les mains pour te rendre.

Va au 600

241

Tu penses avoir trouvé les camarades les plus à même de t'aider.

Karim peut utiliser son savon, Yun sa perche à selfie et Bérénice sa clé USB. Mais est-ce pour autant le bon ordre ? Tu y es presque.

Retourne au 666

Suivant ton plan, Karim jette le savon dans les jambes de la gardienne qui l'évite avec un air méprisant. Yun enfonce la perche à selfie dans la prise, provoquant un court-circuit. La lumière s'éteint puis revient presque aussitôt : les blocs verts des sorties de secours sont encore éclairés. Et la gardienne vous menace toujours.

Elle n'a pas l'air impressionnée par le sandwich que Romain agite devant son nez.

Ton plan tourne au fiasco. Tu lèves les mains pour te rendre.

Va au 600

250

Un par un, vous vous faufilez sous le buisson. Le renard a disparu aussi mystérieusement qu'il était apparu. Romain et Yun sont les deux derniers à vous rejoindre.

Comme toi, ils sont couverts de terre. Tu ignores dans quel état vous allez finir cette aventure.

De nouveau, vous vous retrouvez face à une porte qui était dissimulée par la végétation. De nouveau, elle est fermée.

Cette fois, pourtant, elle comporte un cadenas à combinaison, ainsi que le signe désormais familier : ᛃ

— Le renard nous a guidés vers le Cercle des Fées ! triomphe Romain.

— On ne sait toujours pas ce que c'est, grogne Karim. Il s'agit peut-être d'un piège. Cela expliquerait la présence d'Odal sur les lieux.

Tu te désintéresses de leur conversation et te penches sur des nombres gravés dans la peinture, sous la rune Jēran.

Tu lis :

501 • 504 • 509 • 516 • ... • 536 • 549 • 564 • 581

Il faut trouver le code du cadenas grâce à cette indication.

Tu peux demander un indice à Bérénice
Tu peux demander un deuxième indice à Karim
Tu peux demander l'explication à Romain
Tu peux demander la solution à Yun

251

— **Bon, ça saute aux yeux !** soupire Bérénice. Les nombres sont croissants. Donc le résultat doit être compris entre 517 et 535.

— Tu m'as perdu à « nombre » et « croissant », avoue piteusement Romain. Par contre, le mot croissant m'a donné faim.

Tu ne te moques même pas. Toi aussi, tu as pensé à une viennoiserie. Il faut dire que l'heure du dîner est passée depuis longtemps.

Retourne au 250

– **Vous avez vu** que le 500 revient tout le temps ? remarque Karim. Il faut sans doute s'intéresser aux autres chiffres.

Tu es un peu à l'ouest aujourd'hui : même Karim, qui est pourtant allergique aux chiffres, se met à te donner des indications.

Il faut vraiment que tu trouves la solution pour regagner un peu d'estime de toi-même.

Retourne au 250

253

– **Oh ! Ce sont des carrés !** s'exclame Romain. 1 x 1 = 1 ; 2 x 2 = 4 ; 3 x 3 = 9, etc.

– C'est pas trop tôt, marmonne Bérénice.

Là, tu as carrément honte. La moyenne de Romain en mathématiques tourne autour de douze sur vingt. La tienne est 50 % plus élevée.

Tu n'es vraiment pas dans ton assiette aujourd'hui. Mais bon, tu vas découvrir le fin mot de cette énigme quand même !

Retourne au 250

Eh bien, ce n'est vraiment pas ton jour. Un peu navrée, Yun vient à ton secours :

— Donc, calcule-t-elle, ça fait : 5 x 5 = 25. J'ajoute 500, ça donne 525.

— Je dois être en hypoglycémie, murmures-tu comme excuse.

— On ne peut pas toujours être au top ! s'exclame Romain en tapant sur ton épaule avec sa douceur et sa délicatesse habituelles.

Tu remets ton articulation en place avant de te pencher sur le cadenas et d'entrer la combinaison.

Va au 525

283

À force de chercher dans tous les sens, vous finissez par trouver une unique plaque qui comporte le numéro 283. Malheureusement, il n'y a rien d'écrit dessus à part une nouvelle série de chiffres.

– C'est une vraie chasse au trésor, cette histoire ! se réjouit Romain.

Perplexe, tu lis et relis les chiffres grossièrement gravés.

Tu peux demander un indice à Bérénice
Tu peux demander un deuxième indice à Romain
Tu peux demander l'explication à Yun
Tu peux demander la solution à Karim

284

– **Je trouve** que les chiffres sont bizarrement écrits, murmure Bérénice.

Tu trouves aussi mais tu ne saurais pas en quoi ils te semblent étranges. Tu t'uses les yeux à force de les fixer.

Retourne au 283

285

— **Je vois,** marmonne Karim, la tête en bas, avec ses cheveux longs qui forment une traîne. Le message est : Lisez seize.

— Cela veut dire qu'il faut maintenant trouver la case numéro 16 ! dis-tu.

— Wouah, merci Sherlock ! se moque Bérénice.

— Je l'ai trouvée ! dit Yun.

Va au 16

286

– **Ces chiffres** ressemblent à des lettres, non ? fait Romain. J'ai raison ou pas ?

Avec cette nouvelle information, tu reprends ton examen.

Retourne au 283

287

– **C'est comme avec les calculatrices,** explique Yun. Si on retourne la tête, les chiffres deviennent des lettres.

Alors, les quatre Escape Geeks restants, dont toi, renversent la tête pour vérifier sa théorie.

Retourne au 283

300

Vous refermez la porte derrière vous au plus vite et descendez maladroitement de nombreuses marches. Là, vous découvrez avec surprise que la lumière est allumée. Vous tombez sur quatre couloirs blancs en sous-sol, éclairés par des néons blanchâtres. Sur les murs, vous voyez de nombreuses cases noires ou blanches qui font penser à un damier.

— C'est là que sont placées les cendres, explique Karim. Derrière ces plaques de marbre se trouvent des casiers dans lesquels on dépose les urnes funéraires.

— Et voilà ! s'écrie Romain. Encore des morts ! La prochaine fois, promettez-moi qu'on ira dans un endroit un peu plus vivant !

— En même temps, on est dans un cimetière, souligne Yun.

— Bon, je me gèle, fait Bérénice. Maintenant qu'on est là, on pourrait peut-être explorer les environs.

Tu es d'accord avec elle. Selon toi, ce n'est pas un hasard si le Cercle des Fées ou Jēran vous a conduits ici. Il faut maintenant en trouver la raison exacte. Quatre couloirs s'ouvrent devant vous.

Si tu prends le couloir de droite, va au 310
Si tu prends le couloir d'en face, va au 320
Si tu prends le couloir de gauche, va au 330
Si tu prends le couloir de derrière, va au 340

310

Vous vous avancez dans le couloir chichement éclairé.

— Regardez, fait Yun en montrant une plaque. Il y a même des bouddhistes.

Elle montre en effet un Bouddha gravé en doré sur une plaque de marbre noir. Un couple repose ici.

Après un instant de recueillement, vous poursuivez votre chemin.

Va au 350

312

Suivant ton plan, Romain agite son sandwich sous le nez de la gardienne qui ne semble guère impressionnée. Bérénice brandit la clé USB au-dessus de sa tête et la femme s'avance vers elle. Quand Karim lui jette le savon dans les jambes, elle l'évite avec un air méprisant.

Ton plan tourne au fiasco. Tu lèves les mains pour te rendre.

Va au 600

314

Suivant ton plan, Romain agite son sandwich sous le nez de la gardienne qui ne semble guère impressionnée. Bérénice brandit la clé USB au-dessus de sa tête et la femme s'avance vers elle.

Yun enfonce la perche à selfie dans la prise, provoquant un court-circuit. La lumière s'éteint puis revient presque aussitôt : les blocs verts des sorties de secours sont encore éclairés. Et la gardienne vous menace toujours.

Ton plan tourne au fiasco. Tu lèves les mains pour te rendre.

Va au 600

320

Vous vous avancez dans le couloir à l'éclairage austère.

— Regardez, fait Karim en montrant une plaque.

Il montre en effet une citation gravée en doré sur du marbre noir : « J'ai bien réfléchi, je préfère rester libre-penseur. »

Après un instant de recueillement, vous poursuivez votre chemin.

Va au 350

321

Suivant ton plan, Romain agite son sandwich sous le nez de la gardienne qui ne semble guère impressionnée. Quand Karim lui jette le savon dans les jambes, elle l'évite avec un air méprisant. Bérénice brandit la clé USB au-dessus de sa tête et la femme s'avance vers elle.

Ton plan tourne au fiasco. Tu lèves les mains pour te rendre.

Va au 600

324

Suivant ton plan, Romain agite son sandwich sous le nez de la gardienne qui ne semble guère impressionnée. Quand Karim lui jette le savon dans les jambes, elle l'évite avec un air méprisant.

Yun enfonce la perche à selfie dans la prise, provoquant un court-circuit. La lumière s'éteint puis revient presque aussitôt : les blocs verts des sorties de secours sont encore éclairés. Et la gardienne vous menace toujours.

Ton plan tourne au fiasco. Tu lèves les mains pour te rendre.

Va au 600

330

Vous vous avancez dans le couloir dont une lampe est éteinte. Pendant un moment, vous retrouvez la pénombre.

— Regardez, fait Romain en désignant une plaque.

Visiblement ému, il pointe du menton deux mains de bronze qui se tendent l'une vers l'autre, sortant chacune en relief de deux plaques voisines. Aucune inscription n'est visible. Ce sont seulement des doigts qui s'effleurent en silence pour l'éternité.

Avec un frisson, vous poursuivez votre chemin.

Va au 350

340

Vous vous avancez dans le couloir dont une lampe clignote. Le néon est en train de rendre l'âme à son tour.

– Vous avez vu ? fait Bérénice en désignant une plaque.

Suivant son regard, tu aperçois une plaque à fond rouge sur laquelle se détachent une douzaine de photographies en noir et blanc d'une femme à différents âges de sa vie, dans le désordre.

Après un instant de recueillement, vous poursuivez votre chemin.

Va au 350

341

Suivant ton plan, Romain agite son sandwich sous le nez de la gardienne qui ne semble guère impressionnée.

Yun enfonce la perche à selfie dans la prise, provoquant un court-circuit. La lumière s'éteint puis revient presque aussitôt : les blocs verts des sorties de secours sont encore éclairés. Et la gardienne vous menace toujours.

Bérénice brandit la clé USB au-dessus de sa tête et la femme s'avance vers elle.

Ton plan tourne au fiasco. Tu lèves les mains pour te rendre.

Va au 600

Suivant ton plan, Romain agite son sandwich sous le nez de la gardienne qui ne semble guère impressionnée.

Yun enfonce la perche à selfie dans la prise, provoquant un court-circuit. La lumière s'éteint puis revient presque aussitôt : les blocs verts des sorties de secours sont encore éclairés. Et la gardienne vous menace toujours.

Quand Karim lui jette son savon dans les jambes, elle l'évite avec un sourire méprisant.

Ton plan tourne au fiasco. Tu lèves les mains pour te rendre.

Va au 600

350

Vous vous perdez un peu dans ce dédale de couloirs… et finissez par arriver dans un cul-de-sac !

Tu peux demander une indication à Bérénice
Tu peux demander une deuxième indication à Romain
Tu peux demander la solution à Karim
Tu peux demander le résultat à Yun

351

– **Ça ne peut pas s'arrêter là !** s'exclame Bérénice qui se réchauffe un peu. Il doit y avoir un détail qu'on a manqué dans les emplacements.

Tu avais déjà tout passé en revue mais tu y retournes.

Retourne au 350

352

– **Regardez,** indique Karim. Les plaques noires forment des chiffres sur les panneaux de gauche, du milieu et de droite.

Mais oui ! C'est évident ! Comment as-tu pu manquer cela ?

Retourne au 350

353

– **Ce n’est sans doute pas un hasard** si certaines plaques sont noires et d’autres blanches, non ? note Romain.

Tu t’apprêtes à répondre que sa remarque est évidente mais, après réflexion, tu te dis qu’il a peut-être raison. Il y a quelque chose à creuser.

Retourne au 350

354

— **On lit les chiffres** 2 à gauche, 8 au milieu (il a simplement été couché) et 3 à droite, énonce Yun.

— J'avais trouvé le même résultat, déclares-tu avec mauvaise foi.

Va au 283

— **Mais c'est le crématorium !**

Tu regardes autour de toi.

Vous êtes arrivés dans une salle immense avec des piliers à la grecque qui supportent une coupole. Cela ressemble à une chapelle, mais sans aucun signe religieux. Il y a juste une paroi qui a été ornée d'une fresque peinte où domine un bleu apaisant.

En te rapprochant, tu te rends compte qu'il s'agit d'une mosaïque. Elle représente une ville ou un village avec quelques arbres, la nuit, sous un ciel étoilé. La couleur s'harmonise même avec celle des vitraux que tu aperçois sous la voûte.

Tu remarques encore un panneau de vitraux, dressé au milieu de la pièce pour qu'on puisse les admirer des deux côtés. Il y a aussi une décoration en céramique qui trône sur une table.

— Pas mal cette céramique, estime Yun. Elle reprend le motif de la sculpture *Le retour éternel* de Landowski qui se trouve dans ces murs. Elle montre comment les défunts rejoignent les éléments.

Elle ajoute :

— Pendant longtemps, cet endroit était l'unique crématorium de Paris. D'abord, on y brûlait les déchets des hôpitaux. Comme l'Église catholique était défavorable à la crémation, cet endroit a été conçu comme un sanctuaire laïc. C'est pour ça qu'il n'y a aucun signe religieux.

Même si tout cela est très intéressant, tu te demandes surtout pourquoi le jeu de piste, manifestement organisé par le Cercle des Fées, vous a guidés jusqu'ici.

Les autres lèvent les yeux, impressionnés par les dimensions du bâtiment. Dehors, la tempête se déchaîne toujours et vous voyez les vitraux s'illuminer de temps à autre sous l'effet des éclairs.

Tu t'assieds sur l'un des bancs pour réfléchir. Il ne faut pas tarder. L'infatigable gardienne doit toujours rôder à votre recherche. Pourtant, la curiosité l'emporte sur la peur chez toi. Tu veux vraiment savoir ce que les gens derrière Jēran ont prévu pour vous.

Après quelques instants, tu remarques d'étranges ombres sur les vitraux dont une plaque a été dressée au milieu de la salle. Est-ce que ce sont des traces de poussière ? Pas vraiment…

— Regardez ! Il y a des lettres là-dessus !

Elles sont gravées dans les vitraux composés de gros morceaux de verre de couleurs variées coulés dans du ciment.

— Attendez, il y en a de l'autre côté ! s'écrie Karim qui a fait le tour du panneau.

Tu le rejoins et lis à ton tour.

— Ce n'est pas plus clair…

Tu peux demander un indice à Bérénice
Tu peux demander un deuxième indice à Karim
Tu peux demander l'explication à Romain
Tu peux demander la solution à Yun

400

Tourne la page

400
S E E S L
S E R S S E
B L E J E R N N
S S E S L
R E Z L S
L L E Q R E
C E N R E N E

Bérénice regarde les lettres d'un côté du panneau.

— Ça doit bien vouloir dire quelque chose, non ? Vous ne trouvez pas qu'il manque des lettres ?

— Moi, je peux en ajouter si vous voulez, propose Romain.

— Non, merci, ça va aller…

Tu es perplexe. Pourquoi ces lettres sont-elles manquantes ?

Retourne au 400

402

Karim examine longuement les deux côtés. Il observe le panneau de vitrail puis le contourne pour en détailler le verso.

– J'ai l'impression qu'ils se répondent, pas vous ?

Oui, c'est peut-être une piste…

Retourne au 400

La bouche de Romain s'élargit d'un sourire triomphant.

– Mais oui ! On n'a qu'à attendre un éclair et voir par transparence comment les lettres se superposent !

Oui, c'est un peu comme si on regardait une page soumise à une forte lumière pour pouvoir distinguer à la fois le recto et le verso.

Retourne au 400

404

Dès qu'un éclair illumine la chapelle, Yun examine l'ensemble. Elle grimace.

— Je n'étais pas placée du bon côté. Il y a des lettres qui sont symétriques. Il faut se mettre du côté de celles qui ne le sont pas : E, F, G, etc.

Joignant le geste à la parole, elle contourne le vitrail et l'observe du point de vue opposé.

Quand un nouvel éclair illumine la nuit, elle déchiffre le message :

— Ça dit : « Vous êtes là où se rassemble Jēran, nous sommes là, trouvez la salle quatre cent trente ».

Va au 430

412

Tu penses avoir trouvé les camarades les plus à même de t'aider.

Yun peut utiliser sa perche à selfie, Bérénice sa clé USB et Karim son savon. Mais est-ce pour autant le bon ordre ? Tu sens que tu y es presque.

Retourne au 666

413

Suivant ton plan, Yun enfonce la perche à selfie dans la prise, provoquant un court-circuit. La lumière s'éteint puis revient presque aussitôt : les blocs verts des sorties de secours sont encore éclairés. Et la gardienne vous menace toujours.

Bérénice brandit la clé USB au-dessus de sa tête et la femme s'avance vers elle. Elle n'a pas l'air impressionnée par le sandwich que Romain agite sous son nez.

Ton plan tourne au fiasco. Tu lèves les mains pour te rendre.

Va au 600

421

Tu penses avoir trouvé les camarades les plus à même de t'aider.

Yun peut utiliser sa perche à selfie, Karim son savon et Bérénice sa clé USB. Mais est-ce pour autant le bon ordre ? Tu sens que tu y es presque.

Retourne au 666

423

Suivant ton plan, Yun enfonce la perche à selfie dans la prise, provoquant un court-circuit. La lumière s'éteint puis revient presque aussitôt : les blocs verts des sorties de secours sont encore éclairés. Et la gardienne vous menace toujours.

Quand Karim lui lance le savon dans les jambes, elle se contente de le repousser du pied.

Elle n'a pas l'air impressionnée par le sandwich que Romain agite sous son nez.

Ton plan tourne au fiasco. Tu lèves les mains pour te rendre.

Va au 600

Bérénice a déjà le nez sur un plan. Elle tape de l'index sur un carré.

— C'est là. Salle 430.

Bon, il ne vous reste plus qu'à vous y rendre. Vous avancez dans le crématorium désert. Seules les lumières des sorties de secours vous aident à vous guider. De toute façon, vous n'osez pas allumer de peur de vous faire repérer.

Au bout d'une dizaine de mètres, vous tombez sur une porte : « 430 — Salle Mauméjean ».

Vous pénétrez alors dans un auditorium à la décoration moderne.

— Cet endroit est utilisé pour rendre hommage aux défunts, murmure Yun. Je ne suis pas très à l'aise.

— Bah, fait Romain. On ne dérange personne. Tant qu'on respecte les lieux…

Vous fouillez un peu la pièce à la recherche d'indices, sans rien trouver.

Un écran se devine derrière un panneau de bois. Il y a là tout un matériel pour diffuser de la musique, des photos ou des vidéos.

— Et maintenant ? demande Bérénice.

Bonne question… Les autres n'ont pas l'air d'avoir la moindre idée. Ce matériel peut sûrement fonctionner avec un des objets de ton équipement. Tu en as la certitude.

431

Suivant ton plan, Yun enfonce la perche à selfie dans la prise, provoquant un court-circuit. La lumière s'éteint puis revient presque aussitôt : les blocs verts des sorties de secours sont encore éclairés. Et la gardienne vous menace toujours.

Elle n'a pas l'air impressionnée par le sandwich que Romain agite sous son nez. Bérénice brandit la clé USB au-dessus de sa tête et la femme s'avance vers elle.

Ton plan tourne au fiasco. Tu lèves les mains pour te rendre.

Va au 600

432

Suivant ton plan, Yun enfonce la perche à selfie dans la prise, provoquant un court-circuit. La lumière s'éteint puis revient presque aussitôt : les blocs verts des sorties de secours sont encore éclairés. Et la gardienne vous menace toujours.

Elle n'a pas l'air impressionnée par le sandwich que Romain agite sous son nez. Quand Karim lui lance le savon dans les jambes, elle se contente de le repousser d'un coup de pied.

Ton plan tourne au fiasco. Tu lèves les mains pour te rendre.

Va au 600

439

Tu ôtes ton sac à dos. Bérénice te regarde d'un air dégoûté.

– Tu ne vas pas quand même pas poser ton sac trempé et boueux sur un meuble ?

Tu éprouves un long frisson glacé en remettant le sac sur ton dos mouillé. C'était vraiment une mauvaise idée. D'ailleurs, tu ne sais même pas ce que tu allais faire.

Retourne au 430

440

– **Tu sais où tu peux** te le mettre, mon sandwich ? gronde Romain.

Tu supposes qu'il a faim. C'est quand il est en hypoglycémie qu'il devient un peu agressif. Mieux vaut ne pas le contrarier…

– C'est bon, je vais trouver autre chose.

Retourne au 430

441

– **Il est hors de question** qu'on abîme le matériel, proteste Yun. Surtout avec un objet qui m'appartient.

Tu voudrais dire que tu ne comptais rien abîmer mais tu n'arrives pas vraiment à expliquer ce que tu envisageais de faire. Peut-être parce que c'était idiot ?

Retourne au 430

– **Je suis le premier** à dire que l'hygiène est primordiale, concède Karim. Mais, franchement, ce n'est pas le moment.

Malgré tout, tu rêves d'une bonne douche bien chaude. Cela ne vous aiderait pas à sortir d'ici mais, au moins, vous vous sentiriez mieux.

Retourne au 430

443

Dans un éclair de génie (encore un !), tu demandes à Bérénice la clé USB que vous avez trouvée plus tôt dans une case. Tu la places dans le lecteur mais rien ne se passe.

— Il faut peut-être allumer l'électricité dans la salle ? propose Yun, toujours pratique.

Vous fouillez les lieux dans l'ombre avant de découvrir un interrupteur près de la porte. Dès que vous appuyez dessus, la lumière se fait dans la pièce.

Tu remarques un point vert sur le lecteur, indiquant qu'il est prêt à fonctionner.

Avec précaution, tu appuies sur lecture après avoir ouvert le panneau de bois qui dissimulait l'écran.

La lumière devient tamisée et une image se forme peu à peu. Par réflexe, tu te rapproches de tes camarades.

Vous vous asseyez au premier rang des sièges de bois. Cela te fait un peu penser à votre collège-lycée. Sauf que vous n'êtes pas dans les mêmes classes. C'est une première pour vous d'assister à la même leçon tous ensemble.

La rune Jēran apparaît en gros plan.

— *Bonjour*, fait une voix douce, *soyez les bienvenus dans le Cercle des Fées. Vous avez parcouru un long chemin, vous, les...*

La voix s'interrompt une seconde.

— *Euh... Il faut vraiment que je les appelle comme ça ? Oui ? Bon... Je reprends : Vous avez parcouru un long chemin, vous, les Escape Geeks !*

— Je ne sais pas pourquoi, mais j'ai le trac ! chuchote Karim.

— Chut, fait Romain. Ça continue !

Tu ne lui fais pas remarquer qu'il est plus attentif qu'en cours et tu tends de nouveau l'oreille.

— *Nous avons suivi vos aventures et avons décidé de vous dévoiler une partie de la vérité. Vous avez maintenant compris que le tombeau de Merlin est une grande source de pouvoir. Sa magie demeure active malgré les siècles. Depuis longtemps, une secte baptisée Odal cherche à s'accaparer sa puissance. Mais ses membres ignorent encore qu'il existe une organisation bien plus ancienne qui a consacré ses efforts à faire fructifier l'héritage de Merlin pour le bien de tous. Cette organisation se nomme Jēran, ou Cercle des Fées.*

Vous écoutez tous, bouche bée.

Des visages se succèdent à l'écran : Gustave Eiffel, Gustave Doré, Gustave Caillebotte, Charles Garnier (« J'ai cru qu'il n'allait y avoir que des Gustave » remarque Romain), Colette, Rosa Bonheur, Jean-Camille Formigé, Louis Le Vau, Jules Hardouin-Mansart, Jean-François Champollion, Roger Séassal, Sarah Bernhardt et tant d'autres.

— *Qui sommes-nous ?* reprend la voix. *Des penseurs, des architectes, des inventeurs, des savants, des artistes, hommes et femmes, dont beaucoup sont enterrés dans ce cimetière. Nous avons façonné Paris. Pourquoi uniquement Paris et ses environs ? Parce que le pouvoir de Merlin, s'il n'a pas de bornes dans le temps, reste limité dans l'espace. Il ne se déploie que dans un rayon de quelques kilomètres autour de sa tombe : le fameux Cercle des Fées.*

Pendant ces mots, des images de différents édifices défilent : la tour Eiffel, la Seine, l'Opéra Garnier, les catacombes, le château de Versailles...

— C'est énorme, tout ça ! fait Bérénice, émue.

— *Vous trouverez donc notre empreinte dans de nombreux bâtiments et lieux parisiens que nous avons aidé à construire ou bien qui constituent des défenses contre les manigances de nos ennemis, dont les plus récents sont les membres d'Odal.*

— Je le savais ! s'exclame Romain. Vous avez vu que le plan même du columbarium du Père-Lachaise représente deux fois la rune Jēran ?

—*Nous avons décidé de vous mettre à l'épreuve pour vérifier que vous étiez dignes d'appartenir au Cercle des Fées, malgré votre jeune âge. Si vous regardez ce message, c'est que vous avez réussi. Vous pourrez toujours compter sur notre aide, sur l'aide de Jēran. Cependant...*

La voix s'interrompt de nouveau. Vous tendez tous l'oreille, attentifs.

— *Soyez vigilants, aucune des informations que je vais vous révéler ne doit tomber aux mains d'Odal. Nous les soupçonnons d'être sur vos traces et sur les nôtres et...*

Bérénice se dresse soudain.

— Vous avez entendu ?

— Quoi ? demandes-tu.

Tu aimerais bien écouter la suite, mais ta camarade se précipite sur le lecteur et arrache la clé USB. Tout le monde proteste. Romain se lève avec colère. Pour toute réponse, Bérénice désigne la porte de la salle dans votre dos.

Tu te retournes pour apercevoir la silhouette sombre de la gardienne dans l'encadrement. Comme fait exprès, un éclair illumine la pièce au même instant et tu ne peux retenir un frisson.

— Mais c'est pas possible ! gémit Yun. Elle est faite en quoi ?

— Je penche pour du métal liquide, suggère Karim.

La gardienne s'avance vers vous, l'arme au poing. Le sang se glace dans tes veines.

Va au 666

481

Une fois que tu as appuyé sur les trois chiffres dans l'ordre, la porte s'ouvre enfin !

Vous plongez de nouveau dans l'ouverture. Les ténèbres reviennent.

Vous traversez un espace plongé dans l'obscurité.

— J'ai l'impression que ce n'est pas le même chemin qu'à l'aller, murmure Yun.

Tu demandes :

— Comment le sais-tu ?

— L'odeur est différente...

Tu te fies à son odorat surdéveloppé et tu poursuis ta route en essayant de ne pas te cogner. Yun a sûrement raison : vous errez bien plus longtemps qu'à l'aller. Le chemin te semble interminable.

Enfin, vous aboutissez à une porte qui, par chance, n'est pas verrouillée.

Tu pousses le battant qui grince et vous débouchez directement sur une allée du cimetière.

Quand tu te retournes, tu te rends compte que vous êtes passés par le tombeau de Gustave Caillebotte !

Tu réfléchis rapidement et tout se met en place dans ta tête.

— On devait passer par là dès le début pour pénétrer dans le crématorium !

— Mais alors pourquoi la porte s'est refermée ? demande Yun.

— Vous n'allez pas me prendre au sérieux mais je pense que le Cercle des Fées a refermé la porte en voyant que la gardienne nous espionnait.

— Attends, attends ! marmonne Karim en prenant un air traqué. Cela veut dire que Jēran nous surveille depuis le début ?

Tu hoches la tête.

— Je les soupçonne même d'avoir déclenché la foudre pour repousser Odal...

— On parle de magie, là ! s'exclame Yun. C'est fou !

— Moins fou qu'un renard qui nous guide par une autre entrée secrète ? N'oubliez pas que nous sommes sur les traces de Merlin, après tout !

— Dites, intervient Bérénice. On ferait mieux de s'en aller d'ici avant que la gardienne nous tombe dessus.

— Oui, reprend Romain. On réfléchira à tout ça plus tard.

Tu acquiesces.

La course reprend à travers le cimetière sur un chemin désormais familier.

La pluie a cessé de tomber. Et même, tu as l'impression que le jour se lève au loin. Vous dévalez les allées désertes du Père-Lachaise après cette nuit de cauchemar.

Vous longez le monument aux morts puis la fontaine. Enfin, vous arrivez à la porte principale.

Elle est verrouillée.

C'est le moment de vérité !

491

– **Alex, d'où te vient** cette obsession pour mes sandwichs ? demande Romain, las.

Hélas, tu as perdu trop de temps avec cette erreur ! La gardienne est déjà là et vous menace de son arme.

Tu lèves les bras, triste.

**POUR VOUS,
L'AVENTURE EST TERMINÉE.**

494

— **Alex, ce n’est pas le moment** de faire des jeux de mots sur le terme « clé » ! proteste Bérénice. Prends la vraie !

— Trop tard ! s’écrie Yun.

Enfin, profitant de vos atermoiements, la gardienne vous a rejoints et vous menace de son arme.

Tu lèves les bras, triste.

**POUR VOUS,
L’AVENTURE EST TERMINÉE.**

495

Tu enfonces la clé bizarre dans la serrure. Avec beaucoup de précautions, tu la tournes. Jusqu'ici, votre outil forgé tient le coup.

— Dépêche-toi, Alex ! te presse Romain. Je ne me sens pas bien.

Tu dresses l'oreille. Jamais tu n'as vu ce solide gaillard se plaindre de faiblesse. Quand tu te retournes vers lui, il est effectivement tout pâle. Il est à deux doigts de tomber. Tu trembles : même à quatre, dans l'état d'épuisement où vous êtes, vous n'avez aucune chance de pouvoir le porter.

Il va falloir faire un choix. Prends-tu le risque de tourner rapidement la clé ? Mais si tu attends trop, la gardienne va arriver...

Ou alors, as-tu une idée pour venir en aide à Romain ?

500

Tu tournes très doucement la clé bizarre dans la serrure.

— C'est trop lent ! gémit Karim

La gardienne déboule à cet instant. Manifestement, elle a eu le temps de retrouver son arme.

— Allez, donnez-moi la clé maintenant.

La mort dans l'âme, tu regardes Bérénice remettre la clé USB à la gardienne.

— Enfin ! s'exclame-t-elle. Tous les secrets du Cercle nous appartiennent !

— Qu'est-ce que vous allez faire de nous ? demandes-tu.

Du menton, elle désigne une urne funéraire et tu te rappelles que vous êtes dans un cimetière.

EN TOUT CAS, POUR VOUS,
L'AVENTURE EST TERMINÉE.

501

Tu t'efforces de tourner la clé bizarre dans la serrure.

— Arrête, Alex ! prévient Yun. Tu vas la cas…

Un grand crac vient confirmer son avertissement. Stupide, tu regardes le bout de métal brisé qui te reste dans la main.

Les autres n'ont guère le temps de te faire des reproches. La gardienne déboule à cet instant. Manifestement, elle a eu le temps de retrouver son arme.

— Allez, donnez-moi la clé maintenant.

La mort dans l'âme, tu regardes Bérénice remettre la clé USB à la gardienne.

— Enfin ! s'exclame-t-elle. Tous les secrets du Cercle nous appartiennent !

— Qu'est-ce que vous allez faire de nous ? demandes-tu.

Du menton, elle désigne une urne funéraire et tu te rappelles que vous êtes dans un cimetière.

EN TOUT CAS, POUR VOUS, L'AVENTURE EST TERMINÉE.

Vous voilà au Père-Lachaise !

Enfin, tu arrives après tout le monde parce que tu finissais tes révisions avant de venir. Une demande de tes parents. Ton départ a donc eu lieu en catastrophe. Du coup, tu n'as pas eu le temps de préparer ton sac pour l'aventure et tu détestes ça.

L'entrée est impressionnante avec ses deux pylônes ornés de sabliers ailés, de flambeaux et de guirlandes de fleurs. Le grand portail vert à deux battants est ouvert.

— J'ai pris une perche à selfie, annonce Yun. On va pouvoir faire des photos sympas.

Tout le monde s'exclame.

— On n'est pas des touristes ! proteste Bérénice. On est en mission !

— C'est quand même un lieu de recueillement, ajoute Karim.

— Romain, interpelle Yun, tu pourrais m'aider un peu !

— Moi, répond ce dernier, pour une fois qu'on ne plaisante pas au sujet de mes sandwichs…

Il est vrai que Romain est célèbre pour ses recettes… personnelles en la matière. De ton côté, tu ne peux résister à ajouter une petite moquerie à l'encontre de Yun :

— On sera bien contents d'avoir des photos à contrejour comme souvenirs.

Bon, c'est un peu gratuit car Yun est une excellente photographe. Elle en profite pour te prendre avec son smartphone.

— Tiens, Alex, pour la peine, je te vole ton âme.

— Je m'en moque, j'ai déjà donné mon âme à un tableau. D'ailleurs, ça me fait penser que l'auteur du *Portrait de Dorian Gray* est enterré ici.

— Dorian Gray ? s'écrie Romain. Comme dans *Penny Dreadful* ?

— Avant d'être un personnage de série télé, c'était le héros du roman d'Oscar Wilde, répond Karim.

— Je le savais, fait Romain, vexé.

Tandis que vous vous apprêtez à franchir le seuil du cimetière, Karim tend son long bras devant vous.

— Attendez...

— Ne me dis pas que tu as les chocottes en plein jour ! se moque Bérénice.

— Pas du tout ! répond le garçon en agitant sa mèche. C'est fini, tout ça ! En plus, j'adore les cimetières. C'est romantique.

— Ouais, eh bien, moi, je commence à en avoir assez des morts, grogne Romain. Déjà qu'on s'est payé les catacombes...

— Oui, mais cette invitation du Cercle des Fées, c'est une opportunité géniale pour en apprendre davantage sur Odal et les combattre ! argumente Yun. En plus, je ne sais pas si tu te souviens, mais le Père-Lachaise fait partie des endroits qu'ils ont repérés. Peut-être pour une prochaine attaque ? On est quand même dans l'un des cimetières les plus célèbres au monde. Il y a quelques tombeaux magnifiques, d'ailleurs...

502

Tu as du mal à cacher ton manque d'enthousiasme. Tu espères seulement que cette visite va mener à quelque chose, mais tu en doutes. Le Père-Lachaise semble tout à fait vide en ce dimanche après-midi. En un mot : mort.

Tu observes les alentours mais tu ne vois qu'une gardienne aux cheveux blonds, presque blancs, sous sa casquette, qui semble ne pas s'intéresser à vous.

Karim lève la tête vers une rune tracée dans la pierre : ᛃ

— C'est Jēran, explique-t-il. Cela désigne à la fois l'année et la moisson.

— On est sur la bonne piste, murmures-tu. S'il y a une rune, c'est qu'il doit y avoir une signification cachée. Jusqu'à présent, quand Odal était impliqué, on a toujours croisé des runes.

Karim s'attarde ensuite sur des inscriptions gravées dans chaque pylône.

SP**E**S ILLO**R**UM
IMMORTA**L**ITAT**E**
PLENA EST

QUI **C**REDIT IN ME
ETIAM SI MORTUUS
FU**E**RIT VIV**E**T

— Bon, c'est du latin. Et alors ?

Tu ne vois pas du tout ce qu'il y a d'intéressant. Ton ami réfléchit un instant avant de déclarer :

— L'inscription de gauche se traduit par : « L'espérance est pleine d'immortalité » et celle de droite par : « Celui qui croit en moi, même s'il est mort, vivra ». Je pense qu'il y a un code mais qui n'est pas en rapport avec le sens de ces phrases...

Romain se gratte la tête.

— Je ne pense pas que ce soit la signification qui soit importante. Vous avez vu ? Certaines lettres sont gravées plus profondément. Elles doivent former des mots...

Bérénice a l'air d'avoir compris quelque chose d'important, car elle déclare :

— Il ne faut pas lire les inscriptions pylône par pylône, mais ligne par ligne !

— Si on regarde les lettres les plus visibles dans l'ordre des lignes, on peut lire « ***sercle*** » et « ***fee*** ». Ce n'est pas bien orthographié, mais en lisant à haute voix, c'est limpide.

Tu sens le rouge te monter aux joues. Tes amis ont tout déduit sans que tu aies le temps d'intervenir. Ton orgueil est un peu froissé... et ton intérêt est éveillé.

— On a bien fait de venir ici, conclus-tu. Manifestement, il y a bien le Cercle des Fées dans le coin. Et il est symbolisé par la rune ᛃ.

— Mais comment on peut être sûrs que ce n'est pas un piège tendu par Odal ? demande Romain.

— On n'en sait rien. Il suffit de faire attention. Allez, en avant, les Escape Geeks ! On a rendez-vous sur cinq tombeaux, on n'a pas de temps à perdre.

Là, tu n'es pas tout à fait sincère. Toi aussi, tu crains que des membres d'Odal ne vous tombent dessus.

502

Cependant tu décides d'entrer dans le cimetière d'un pas assuré en te promettant de découvrir le prochain mystère par toi-même.

Va au 512

505

Triomphalement, tu dégaines le sandwich. Romain le regarde comme un naufragé regarde une île déserte.

– Attention ! s'écrie soudain Yun. La gardienne est sur nous !

Tu es là, ton sandwich à la main, sans savoir quoi faire.

Il faut agir très vite. Donnes-tu le sandwich à Romain ou le lances-tu à la gardienne ?

Si tu donnes le sandwich à Romain, va au 76
Si tu le lances à la gardienne, va au 202

Tu montres la clé USB à Romain en espérant lui remonter le moral mais ça ne suffit pas. Il va bientôt s'évanouir !

Retourne au 495

509

Tu essaies de lui montrer la clé bizarre mais elle est coincée dans la serrure.

Retourne au 495

512

Voici le plan du cimetière. Où veux-tu aller ?

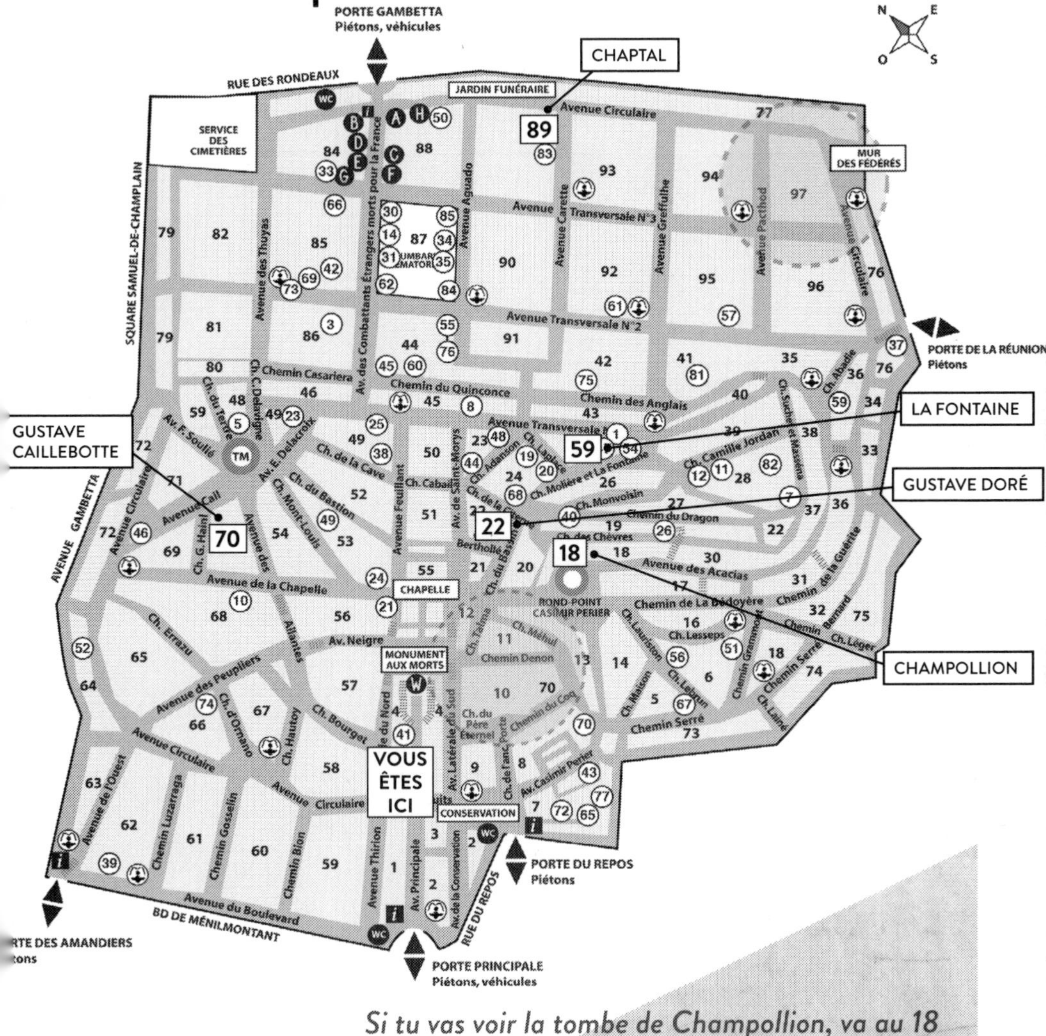

Si tu vas voir la tombe de Champollion, va au 18

Si tu vas voir la tombe de Gustave Doré, va au 22

Si tu vas voir la tombe de La Fontaine, va au 59

Si tu vas voir la tombe de Gustave Caillebotte, va au 70

Si tu vas voir la tombe de Chaptal, va au 89

517

– **Tu pensais que** ce serait aussi facile ? persifle Bérénice.

Si tu n'étais pas habitué à ses remarques désagréables, tu pourrais presque mal le prendre.

Retourne au 250

518

– **Toujours pas,** gémit Karim en regardant par-dessus son épaule. J'ai l'impression d'être dans un film d'horreur !

Comme pour lui donner raison, un éclair illumine le cimetière.

Retourne au 250

519

– **Dépêche-toi,** Alex, on est frigorifiés ! te presse Romain.

Il danse d'un pied sur l'autre en se frottant les bras. Selon toi, il ne tremble pas que de froid.

Retourne au 250

– **Tu ne vas quand même pas** essayer toutes les combinaisons ? fait Yun, éberluée.

Il serait temps de te reprendre. Tu t'obliges à réfléchir.

Retourne au 250

521

— **On perd du temps,** fait Bérénice en regardant en arrière. La gardienne risque de nous tomber dessus... Et qui sait ce qu'elle nous fera quand elle nous attrapera.

— On devrait se séparer, propose Yun. Et faire le tour du crématorium pour trouver une issue...

— Tu n'as jamais vu de films d'horreur de ta vie ? s'insurge Karim.

— Non, ça me fait trop peur. Pourquoi ?

Retourne au 250

522

Tu t'escrimes sur le cadenas depuis dix minutes sans parvenir à rien. À ta décharge, ce n'est pas facile de lire les chiffres quand il faut attendre un éclair pour avoir assez de lumière.

Va au 526

523

Tu t'escrimes sur le cadenas depuis onze minutes sans parvenir à rien. À ta décharge, ce n'est pas facile de lire les chiffres quand il faut attendre un éclair pour avoir assez de lumière.

Va au 526

Tu t'escrimes sur le cadenas depuis douze minutes sans parvenir à rien. À ta décharge, ce n'est pas facile de lire les chiffres quand il faut attendre un éclair pour avoir assez de lumière.

Va au 526

525

Le cadenas s'ouvre. Ouf, tu pensais bien ne pas y arriver. Vous entrez juste au moment où la gardienne vient remuer les buissons quelques pas derrière vous !

Vous l'avez échappé belle.

Va au 300

526

C'est trop tard. Une voix glaciale vous intime l'ordre de vous retourner. Tu sais déjà que c'est la gardienne.

L'AVENTURE EST FINIE
POUR VOUS.

527

Tu t'escrimes sur le cadenas depuis treize minutes sans parvenir à rien. À ta décharge, ce n'est pas facile de lire les chiffres quand il faut attendre un éclair pour avoir assez de lumière.

Va au 526

528

Tu t'escrimes sur le cadenas depuis douze minutes sans parvenir à rien. À ta décharge, ce n'est pas facile de lire les chiffres quand il faut attendre un éclair pour avoir assez de lumière.

Va au 526

529

Tu t'escrimes sur le cadenas depuis onze minutes sans parvenir à rien. À ta décharge, ce n'est pas facile de lire les chiffres quand il faut attendre un éclair pour avoir assez de lumière.

Va au 526

530

Tu t'escrimes sur le cadenas depuis dix minutes sans parvenir à rien. À ta décharge, ce n'est pas facile de lire les chiffres quand il faut attendre un éclair pour avoir assez de lumière.

Va au 526

531

– **On perd du temps,** murmure Bérénice entre deux coups de tonnerre. Odal risque de nous retrouver. J'ai cru entendre quelque chose.

En général, quand Bérénice perçoit un bruit, on peut lui faire confiance. Cela ne t'aide pas à te concentrer.

Retourne au 250

– **Ne me dis pas que** tu comptes essayer tous les nombres dans l'ordre décroissant, soupire Yun.

Zut, c'était un peu ton projet. Mais tu supposes qu'il n'y a pas vraiment le temps.

Retourne au 250

533

– **Grouille-toi,** il pleut de plus en plus, souffle Romain.

En effet, ses vêtements sont détrempés. Et les tiens aussi. Il va falloir s'abriter rapidement pour ne pas attraper la mort. Dans un cimetière, ce serait dommage.

Retourne au 250

534

— **Ça n'avance pas,** s'impatiente Karim.

Il tape du pied dans une flaque et éclabousse tout le monde.

— Oups, désolé !

— C'est dommage, murmure Bérénice. J'avais un centimètre carré de vêtement qui n'était pas encore détrempé... Plus maintenant.

Retourne au 250

535

— **Oui, c'est sûrement ça !** se moque Bérénice.

— Eh bien, vas-y si tu veux !

Elle lève les bras et recule.

— Non, je préfère bien mieux lancer des remarques désobligeantes de loin.

Retourne au 250

La lumière verte des sorties de secours revient très vite dans la pièce.

Sa faible clarté te suffit pour voir que la gardienne est étendue de tout son long. En glissant sur le savon, elle s'est cogné la tête contre un banc. Elle est assommée.

Tu n'aimes pas les revolvers alors tu le pousses plus loin pour qu'elle ne puisse pas le retrouver.

— Qu'est-ce qu'on fait ? chuchote Romain, un peu vexé de ne pas avoir participé à l'opération.

— On cherche la clé du portail et on s'enfuit !

Vous vous mettez à fouiller votre ennemie. Vous trouvez rapidement une grosse clé. Hélas, elle est attachée au poignet de la femme par une sorte de menotte métallique.

— Quelle poisse ! s'emporte Bérénice. On y était presque !

Tu continues de réfléchir.

— Attends, j'ai peut-être une idée…

Tous les visages se tournent vers toi. Il n'y a pas à dire : tu aimes bien cette sensation.

537

Tu te tournes vers Bérénice.

— Qu'est-ce que tu veux que je fasse ?

En fait, tu ne sais pas trop non plus.

— C'était très bien, ton idée d'attirer la gardienne avec la clé USB !

— Merci mais… on a un nouveau problème maintenant.

— Tu as raison.

Retourne au 536

Tu regardes Karim.

— Et si on savonnait la main de la gardienne pour faire glisser la menotte ? propose-t-il.

Vous tentez le coup mais le bracelet est bien trop serré.

— Dommage, regrette Karim. C'était vraiment une bonne idée d'utiliser le savon...

Retourne au 536

539

Tu t'adresses à Romain.

— Est-ce que tu te sens la force de casser ces menottes ?

Il s'escrime dessus jusqu'à transpirer. De grosses gouttes perlent à son front.

— J'ai l'impression que j'y suis presque…

Tu restes sceptique sur la stratégie.

Si tu demandes à Romain d'arrêter, retourne au 536

Si tu le laisses continuer, va au 550

540

– **Yun ?**

– Oui, Alex ?

– Est-ce que tu penses pouvoir bricoler la serrure des menottes ?

Ta camarade grimace.

– Je ne pense pas. J'aurais besoin d'un outil assez fin… Mais la perche ne conviendra pas.

Mince ! Cette histoire commence à t'énerver.

Retourne au 536

545

Tu ouvres ton sac à dos à la recherche d'une idée géniale mais tu ne trouves que de vieux papiers humides. Tu pourras l'envoyer au recyclage dès ton retour à la maison.

Si tu parviens à y rentrer un jour…

Retourne au 536

546

Le regard de Romain te dissuade aussitôt d'évoquer la question du sandwich.

Dommage, tu es un peu à court d'idées.

Allez, il est temps de te reprendre !

Retourne au 536

547

— **Et si on utilisait** la perche à selfie ? proposes-tu.
— Écoute, je suis contente que tu la trouves enfin utile mais la pince est beaucoup trop grosse pour entrer dans la serrure des menottes, Alex.

Retourne au 536

Tu prends les choses en main.

— Bon, puisqu'on ne peut pas détacher cette clé, on n'a qu'à faire une empreinte avec le savon. Et on verra ensuite.

— Mais c'est une idée géniale ! s'enthousiasme Yun. J'aurais bien voulu y penser moi-même.

Avec précaution, tu appliques la clé contre le savon et y imprimes le dessin de ses râteaux (tu ne connaissais pas le terme, c'est Yun qui l'emploie devant toi).

— Ce sont les gravures perpendiculaires à la tige, explique-t-elle.

Tu la crois sur parole. Dès que l'empreinte est réalisée, vous quittez rapidement la pièce, laissant la gardienne toujours inconsciente. Elle doit être en plein *reboot* de ses fonctions...

Va au 551

549

Bérénice te regarde avec un air rempli de pitié.

— Alex, c'est une clé USB, pas une vraie clé…

— Je sais mais…

Tu renonces à discuter. Tu ne ferais que t'enfoncer davantage.

Retourne au 536

Soudain, la gardienne rouvre les yeux. Grâce à une prise, elle renverse Romain et serre le bras autour de sa gorge.

— Reculez ! ordonne-t-elle. Ou je l'étrangle.

Tu restes immobile, attendant la suite.

— Donnez-moi la clé USB et je le relâche.

Vous n'avez pas vraiment le choix. La mort dans l'âme, tu fais signe à Bérénice de tendre la clé à la gardienne qui s'en empare avidement.

— Enfin, murmure-t-elle, ses yeux de démente contrastant avec son visage impassible.

Elle pousse Romain devant elle et s'enfuit.

Vous restez tous les cinq comme des imbéciles. Vous avez perdu la clé USB du Cercle des Fées et vous n'avez toujours pas de moyen de sortir du cimetière avant qu'on ne vous délivre.

— C'est vraiment la louze, soupire Romain.

EN TOUT CAS, POUR VOUS, L'AVENTURE EST TERMINÉE.

551

Vous courez à perdre haleine dans les couloirs du crématorium.

Et, bien sûr, vous vous perdez.

Vous finissez par ouvrir une porte marquée « Réservé au service ». Vous pénétrez alors dans un endroit qui ressemble à une usine. Partout, des tuyaux métalliques, des conduits, des plaques, des roues de fermeture.

— Qu'est-ce que c'est que ça ?

— Euh, je crois qu'on est vraiment dans le crématorium. À l'endroit du four...

Karim a beau frissonner en prononçant ces mots, il semble tout de même curieux d'explorer les lieux.

Très mal à l'aise, tu le suis.

— Il faudrait qu'on sorte de là, plaides-tu.

— À quoi bon ? rétorque Bérénice. On n'a toujours pas la clé pour s'échapper du cimetière.

Vous vous approchez d'une sorte de mur métallique avec une rampe pour amener les cercueils à l'intérieur. Sur la gauche, un écran tactile indique comment faire fonctionner le four.

— Bon, ça devient glauque, marmonne Romain.

Tu te tournes pour consulter les autres quand tu te rends compte que Yun a disparu.

— Où est-elle passée ?

— Elle a dit qu'elle revenait tout de suite, répond Karim.

— Et tu l'as laissée partir ? s'écrie Romain. Tu n'as vraiment jamais vu le moindre film d'horreur ? C'est quand on se sépare que le méchant tue tout le monde !

Heureusement, votre camarade revient bientôt avec un sourire triomphant. Tu respires mieux. Elle vous montre la décoration en céramique aperçue dans la chapelle.

— Regardez ! Ça résiste à 900 °C !

— Et alors ? demande Bérénice.

— Eh bien, la température du four ne monte qu'à 800 °C et l'aluminium fond autour de 700 °C.

Les autres ne comprennent toujours pas, mais, toi, tu entrevois la solution proposée.

— On va avoir besoin de trois objets, précises-tu.

Mais il vaut mieux procéder avec ordre. Quel objet choisis-tu en premier ?

560

– **Oui, le sac à dos trempé,** ça va être utile pour attraper des choses brûlantes, fait Yun. Mais ça ne suffira pas.

561

— **Je refuse** de cramer mon sandwich ! En plus, je ne suis pas certain que ça soit super hygiénique de cuisiner ici.

Karim acquiesce.

— Pour une fois, je suis d'accord avec toi.

Retourne au 551

562

— **Ok, je veux bien** qu'on fasse fondre ma perche à selfie, soupire Yun. Mais il nous faut d'autres choses.

563

— **Le savon** sera très pratique pour graver la forme de la clé dans la céramique, intervient Bérénice. De quoi a-t-on besoin encore ?

564

– **Vraiment, Alex ?** Tu veux brûler notre source d'information la plus précieuse au sujet du Cercle des Fées ?

Retourne au 551

566

Romain fait non de la tête.
— On ne touchera pas à mon sandwich !

Retourne au 551

568

Il est temps de faire le point.

— Je récapitule : on a le savon pour creuser le moule et le sac pour ne pas se brûler. Mais il nous manque encore du métal à couler dans le moule !

571

Tu réfléchis à haute voix.

— Ok, on prend la perche à selfie pour la faire fondre et le sac pour ne pas se brûler. Mais il nous manque encore un moule !

572

Tu es en pleine hésitation et en pleine confusion.

Si tu veux associer le sac à dos et le savon, va au 568
Si tu veux associer la perche à selfie et le sandwich, va au 566

573

Les autres Escape Geeks te regardent bizarrement.

— Ne le prends pas mal, Alex, mais on a l'impression que tu fais n'importe quoi.

Hélas, tu as perdu trop de temps en trifouillant les objets. La gardienne vous a retrouvés. Impassible, elle vous fixe. Sa main droite pointe un revolver, l'autre est tendue, paume ouverte. Elle n'a pas besoin de parler : vous savez exactement ce qu'elle veut.

Va au 600

574

Quelque chose ne va pas.

– Ok, on prend la perche à selfie pour la faire fondre et le savon pour faire office de moule. Mais il nous manque encore des gants !

579

Tu réunis le sac à dos, le savon et la perche à selfie. Est-ce que cela va fonctionner ?

Tu retiens ton souffle.

Va au 583

583

C'est le moment de faire preuve d'adresse.

Tandis que Bérénice étudie le fonctionnement du four, Yun trace l'empreinte grossière de la clé sur la céramique en reprenant le dessin du savon. Puis, c'est au tour de Romain de creuser un moule à l'aide de la perche à selfie. Pendant ce temps, Karim fait le guet.

Dès que tout est prêt, vous posez dans le four la céramique creusée avec la perche au-dessus. À cet instant, la plaque de métal s'abaisse et vous ne voyez plus rien de ce qui se passe dans le four.

La tôle vibre un peu et vous entendez des bruits de soufflerie. La chaleur monte rapidement dans la pièce. Bérénice surveille le déroulement des opérations sur l'écran tactile.

— On est à 800 °C indique Yun. Ça devrait suffire.

Bérénice interrompt le processus et fait rouvrir la porte après quelques minutes. Tu mets alors les mains dans ton sac à dos mouillé qui émet de la fumée en s'approchant de la gueule bouillante du four. Tu attrapes le moule.

C'est brûlant !

Tu lâches l'objet sur le sol et la céramique se brise en mille morceaux. Des bouts de métal ripent sur les dalles de marbre avec un raclement sinistre.

Pourtant, lorsque tu te penches, tu découvres une petite clé bizarre +14 mais qui semble fonctionnelle.

— Hourra ! s'écrient les Escape Geeks tous en même temps.

Karim regarde tout de même le sol, ennuyé.

— Il faudrait peut-être laisser un mot pour s'excuser du désordre.

— On fera ça plus tard, le coupe Bérénice. J'ai éteint le four, on peut y aller.

Tu t'empares de la clé bizarre grâce à ton sac à dos qui est en train d'achever de se détruire. Il est désormais inutilisable, de même que le savon. Tu échanges un regard de connivence avec Yun, qui vient de perdre sa précieuse perche à selfie.

Vous quittez les lieux en courant.

— Venez ! fait Yun. J'ai réussi à me repérer.

Vous allez alors vers la sortie en repassant par la chapelle, cette fois plongée dans la pénombre. Heureusement, les sorties de secours suffisent à vous guider.

Soudain, tu remarques une ombre qui se profile.

— La gardienne est revenue à elle !

Est-ce que tu accélères l'allure ou est-ce que tu poursuis prudemment ?

588

Tu décides de ne pas foncer. Mais au bout de quelques mètres, tu entends une balle siffler à ton oreille.

Manifestement, la gardienne a retrouvé son revolver…

— La prochaine sera dans ta tête, prévient-elle.

Tu la crois. Tu lèves les mains, dépité. Il n'y a plus qu'à espérer qu'elle se contentera de la clé USB et qu'elle vous laissera partir.

EN TOUT CAS, POUR VOUS, L'AVENTURE EST TERMINÉE.

Vous forcez l'allure et réussissez à semer votre poursuivante.

— On aurait vraiment dû mettre la Terminatrix dans la fournaise ! déclare Romain, essoufflé.

— Comment peux-tu dire ça ? s'insurge Bérénice, choquée. C'est le T-1000 qui finit dans le feu, pas le T-X ! Tu confonds *Terminator 2* et *Terminator 3* !

— Sans compter qu'il s'agit d'un être humain, glisse Karim.

— Oui, ça compte aussi, concède Bérénice.

Vous retournez à l'endroit de la porte secrète. Mais elle s'est refermée !

Sur le pan de mur à côté, vous repérez des inscriptions. Quelqu'un a manifestement essayé de sortir en force parce que la pierre est méchamment brisée.

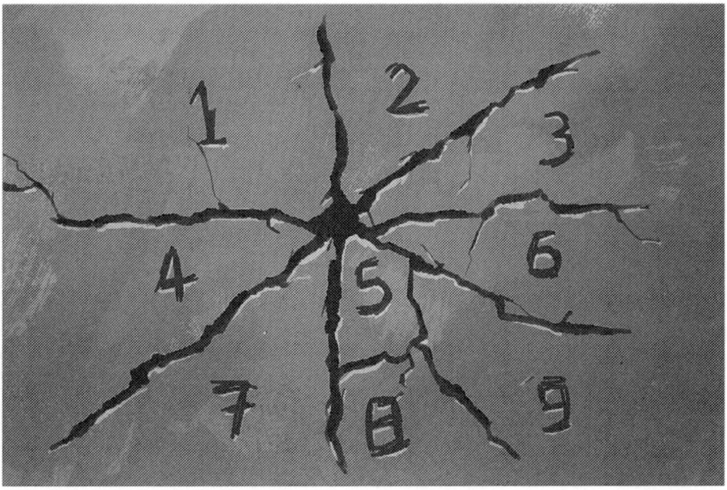

Yun se penche à son tour.

Tourne la page

589

— Il n'y a pas de serrure. Comme pour la porte du tombeau de Gustave Caillebotte. Peut-être qu'il faut appuyer sur les bons chiffres.

— En espérant que ça fonctionnera mieux que la dernière fois, soupire Karim.

Les dernières personnes qui sont passées par ici ne devaient pas avoir compris le message : elles ont donné des coups de pied dont les traces sont visibles au bas de la porte.

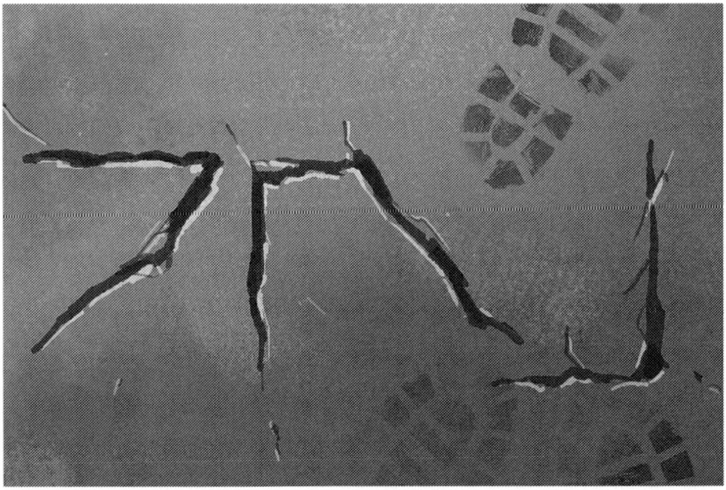

Tu demeures perplexe en regardant ces marques. Il va falloir trouver rapidement comment franchir cette porte, sinon la gardienne androïde va vous tomber dessus.

Tu peux demander une indication à Bérénice
Tu peux demander une deuxième indication à Karim
Tu peux demander la solution à Romain
Tu peux demander la réponse à Yun

590

Bérénice essaie de penser rapidement.

— C'est sûr qu'il y a un code à l'œuvre. Ce n'est pas un hasard si les chiffres se trouvent là où ils sont...

Elle effleure les morceaux.

— J'ai l'impression qu'on peut les enfoncer.

Retourne au 589

591

— **J'ai l'impression** qu'il y a des formes qui reviennent entre les cassures et les chiffres, songe Karim.

— Tu penses qu'on a frappé plusieurs fois avec le même objet ? demande Yun.

— Non, il doit y avoir une autre raison à cela.

Retourne au 589

– **Je vois,** fait Romain. Chaque cassure du bas correspond à celle d'un chiffre du haut. On reconnaît la forme qui entoure le 4, puis celle qui…

Tu l'interromps avec une pointe d'agacement :

– C'est bon, j'ai compris.

Retourne au 589

593

Yun déchiffre rapidement le casse-tête.

— Dans l'ordre, on peut lire 481, répond-elle.

Tu appuies donc, dans l'ordre, sur les touches chiffrées formées par les fissures.

Va au 481

La mort dans l'âme, tu regardes Bérénice remettre la clé USB à la gardienne.

— Enfin ! s'exclame-t-elle. Tous les secrets du Cercle nous appartiennent !

— Qu'est-ce que vous allez faire de nous ? demandes-tu.

Du menton, elle désigne une urne funéraire et tu te rappelles que vous êtes dans un cimetière.

EN TOUT CAS, POUR VOUS, L'AVENTURE EST TERMINÉE.

666

– **Donnez-moi la clé,** ordonne la gardienne d'une voix polaire. Qui l'a ?

Tu dois trouver un moyen de mettre votre ennemie hors d'état de nuire avant qu'elle découvre que Bérénice a repris la clé. Il va falloir ruser.

Tu essaies d'évaluer la situation.

Tes camarades sont tétanisés. Il est impossible de vous échapper. La membre d'Odal bloque la sortie et vous tient sous la menace d'un revolver. Comment la désarmer ? En plus, vous ne pouvez même pas vous cacher, les meubles sont trop petits et la lumière baigne la pièce.

Quant à l'interrupteur, il est bien trop loin pour être atteint. Ce qui est le plus proche de vous est une prise électrique au bas du mur.

Enfin, la gardienne demeure à une distance prudente qui vous empêche de faire quoi que ce soit contre elle.

Et puis, peu à peu, un plan s'agence dans ta tête.

Oui, il y a bien un moyen de s'en sortir mais il va falloir faire appel à trois camarades ainsi qu'à leurs ressources particulières. Ils possèdent chacun un objet susceptible de vous aider.

À qui fais-tu signe et dans quel ordre ?

Choisis les trois camarades dans l'ordre qui te semble le plus efficace et rends-toi au numéro formé par leurs trois chiffres à la suite.

Fabien Clavel est né en 1978 à Paris. Il se passionne pour la mythologie, ce qui le conduit à l'enseignement du français et du latin. Parallèlement, il publie des romans de fantasy à partir de 2002. En 2007, il se lance également dans la littérature jeunesse avec *La Dernière Odyssée* et *Les Gorgonautes* (Prix Imaginales 2009). Il poursuit son travail pour la jeunesse avec notamment *Décollage immédiat* (Prix des Incorruptibles 2014) et *L'Odyssée d'Hugo* (Prix Imaginales 2017). Il est également passionné de jeux et a déjà publié un livre dont vous êtes le héros, *Mission Pompéi*.

UNLOCK!

PAPIER À BASE DE
FIBRES CERTIFIÉES

RAGEOT s'engage pour
l'environnement en réduisant
l'empreinte carbone de ses livres.
Celle de cet exemplaire est de :
450 g éq. CO_2
Rendez-vous sur
www.rageot-durable.fr

Achevé d'imprimer en France en mars 2021 sur les presses
de Normandie Roto Impression SAS à Alençon, France.
Couverture imprimée chez Boutaux, Le-Theil-sur-Huisne, France.
Dépôt légal : avril 2021
Numéro d'édition : 7641-01
Numéro d'imprimeur : 2100829